PAR UNE MER
BASSE ET TRANQUILLE

DONAL RYAN

PAR UNE MER BASSE ET TRANQUILLE

roman

Traduit de l'anglais (Irlande)
par Marie Hermet

ALBIN MICHEL

« Les Grandes Traductions »

Ce livre est publié sous la direction
de Francis Geffard

Édition originale irlandaise parue sous le titre :
FROM A LOW AND QUIET SEA
Publiée pour la première fois
par Transworld Publishers, du groupe Penguin Random House

Pour ma douce sœur Mary,
ma première amie, avec tout mon amour

FAROUK

Je voudrais te confier quelque chose au sujet des arbres. Ils se parlent, vois-tu. Imagine ce qu'ils peuvent se dire. Qu'est-ce qu'un arbre peut bien avoir à raconter à un autre arbre ? Des tas de choses. Je parie qu'ils peuvent bavarder indéfiniment. Certains vivent des siècles. Les choses qu'ils voient, ce qui se passe autour d'eux, ce qu'ils entendent sans le vouloir. Ils communiquent par le biais de réseaux souterrains qui s'étendent à partir de leurs racines, des réseaux tissés sous la terre par des champignons, et ils s'envoient des messages cellule par cellule, avec une patience qui n'appartient qu'aux choses vivantes privées de mouvement. C'est comme si moi, je te racontais une histoire en te disant un mot par jour. Au petit-déjeuner, je te le dirais, le mot de l'histoire, et je t'embrasserais avant de partir travailler ; toi, tu irais à l'école et tout ce que tu obtiendrais de l'histoire c'est cet unique mot quotidien, je n'en dirais pas plus avant le jour suivant, même si tu me suppliais. Je te dirais : il va falloir que tu aies la patience d'un arbre. Peux-tu imaginer ce que cela te ferait ? Si un arbre meurt de faim, ses voisins lui envoient de quoi se nourrir. Personne ne sait très bien comment c'est possible, mais c'est un fait. Les nutriments passent des racines de l'arbre sain à celles de son voisin en souffrance par le réseau des champignons, même lorsque le voisin appartient à une espèce différente. Les arbres, comme toi et moi, ont une longue vie, et ils savent des choses. Ils connaissent la loi, la seule vraie loi qui soit et qu'il faille respecter. Quelle loi ? Tu le sais. Je t'en ai déjà parlé bien souvent. Il faut être bon. Et maintenant dors, mon cœur, car demain la journée sera longue.

Il fait une pause sur le palier près de la porte entrouverte pour la regarder se retourner dans son lit, à la recherche de la position la plus confortable pour s'endormir. On entend des fusillades en provenance de l'est, au-delà de la ville, du côté de la première ligne des combats, et il se demande si ces tirs sont signe de joie, ou de colère, ou d'hommage à un combattant tombé. Il se demande si sa fille croit à son mensonge – il lui a dit que les coups de feu venaient d'une grande machine installée près des récoltes pour en chasser les oiseaux. C'est pour leur bien, avait-il ajouté : si on les laissait faire, les oiseaux se goinfreraient à s'en rendre malades. Il l'écoute chuchoter à ses poupées et à ses ours en peluche, alignés au bord du lit, ou bien peut-être s'adresse-t-elle à elle-même : Est-ce que cela pourrait être vrai, ce que raconte papa ? Que les arbres parlent entre eux ? Ça doit être vrai, sinon il ne me l'aurait pas dit. Je ne sais pas si je vais en parler à mes amis. Je vais peut-être le garder pour moi, et pour vous, on y réfléchira entre nous, et peut-être aussi qu'on en rêvera. Eh bien, bonne nuit, mes bébés. Un par un, elle murmure le nom de chacun et s'immobilise enfin dans la pénombre, et dès lors il n'y a plus que le bruit de sa respiration, le chant des cigales, et au loin une nouvelle salve crépitante, comme le craquement de feuilles mortes réduites en poussière sous les pas. D'un coup le souvenir lui revient, si brûlant qu'il en gémit presque, d'avoir tant espéré et tant prié Dieu pour qu'elle naisse garçon. La lune apparaît à la lucarne au-dessus du palier, baignant l'escalier de sa lumière blême, et il ressent une haine soudaine pour cette chose morte qui tourne autour de la terre en présentant toujours le même visage et gouverne les marées, sans la moindre émotion.

Martha est installée à la table de la cuisine, les bras posés sur le lourd plateau de bois, les doigts étirés, la tête penchée, yeux clos, vers la vapeur qui s'échappe de sa tasse fumante. Il la revoit, quelques semaines plus tôt, assise à cet endroit précis, en conversation animée avec un homme qu'ils ne connaissaient pas, un homme dangereux, lui souriant et riant à ce qu'il disait, un rire calculé pour plaire à cet homme, pour l'assurer qu'elle était bien disposée à son égard, qu'elle croyait ce qu'il lui affirmait, les raisons qu'il donnait de faire ce qu'il faisait. Farouk avait observé leur échange par la fenêtre du jardin en fumant une cigarette avec le compagnon de l'homme, un jeune de vingt ans peut-être, maigre comme un clou, la peau marquée de boutons et de cicatrices d'acné sous sa barbe clairsemée, les stigmates de la fin de l'adolescence. Elle tenait à parler au chef, à celui qui était responsable, pour se faire sa propre opinion, savoir s'il avait les épaules solides, l'aplomb nécessaire. Elle faisait de son mieux, il en était conscient, pour maîtriser sa terreur, pour ne pas finalement décider de rester et voir s'ils pouvaient attendre que ça passe, pris dans cette étrange conjonction de certitudes contradictoires, ce minuscule Armageddon. Le jeune homme malingre était resté assis en silence, détournant parfois son regard du jardin pour jeter un coup d'œil vers la fenêtre d'où il voyait son chef parler à cette belle femme, puis vers le mari de cette femme, et il esquissait alors un large sourire en haussant les sourcils, exhalait la fumée de sa cigarette en une fine colonne ascendante puis hochait la tête avec un nouveau sourire, en signe d'approbation, ou de réconfort peut-être, ou simplement pour faire quelque chose, pour alléger d'une certaine façon son embarras, le silence gêné qui s'alourdissait entre eux ; il était impossible de le savoir.

Il avait haï sa femme à cet instant, sans pouvoir vraiment dire pourquoi. Peut-être parce qu'elle se montrait capable de converser avec un homme à ce point indéchiffrable, un homme dont la parole, il le savait, ne pouvait être acceptée comme étant la vérité. Il s'était senti humilié, lui qui se retrouvait mis à la porte de sa propre maison, obligé de rester assis sur un tabouret à l'ombre d'un olivier, à hocher la tête en compagnie d'un crétin tout en fumant un tabac infect simplement parce qu'on le lui avait offert et qu'il ne voulait pas paraître froid ou indifférent. Il n'était pas sûr de lui : il ne pouvait plus marcher sans réfléchir à sa démarche, à l'assurance de ses pas. Sa posture était-elle assez virile, se demandait-il, et sa poignée de main assez ferme, mais pas au point cependant de suggérer un défi vis-à-vis des inconnus, qu'il aurait transmis par sa paume et par ses doigts. Et une fois les présentations faites, il avait pris soin de détourner le regard le premier et de fixer le sol à ses pieds, et ce petit geste l'avait laissé diminué, crispé à l'extrême.

Il la voulait debout devant lui, la tête inclinée et les yeux baissés, implorant son pardon pour avoir parachevé le marché qu'il avait conclu, pris l'enveloppe pleine d'argent sur l'étagère au-dessus du poêle et compté les billets en les alignant en petites piles sur toute la longueur de la table tandis qu'il fumait, assis près d'un gamin sournois et débordant de sève, une petite raclure hilare. Elle était allée trop loin : elle devait simplement évoquer avec l'homme ses craintes au sujet du bateau, le questionner sur le modèle et la provenance, ainsi que sur la taille et l'expérience de l'équipage. Ils s'étaient mis d'accord sur le fait qu'elle lui parlerait seule pour pouvoir prendre quelques libertés en l'interrogeant ; s'il avait été présent, il aurait dû la rabrouer pour avoir parlé avec tant d'insolence – ils ne connaissaient pas la sensibilité de ces gens, leur manière de réagir. C'est pourquoi il avait dit au chef, en lui serrant la main sur le pas de la porte :

Ma femme a peur de la traversée, elle craint la mer. Elle n'a jamais voyagé en bateau, mais elle s'est un peu renseignée. Vous pourriez peut-être lui donner quelques détails techniques sur l'embarcation et le déroulement de notre périple, et aussi sur les compétences de l'équipage, simplement pour faciliter la première partie du voyage et nous permettre d'atteindre le port sans drame, vous savez ce que c'est. Il avait eu la bouche sèche en prononçant ces mots, et le type trapu avait laissé échapper un petit rire, une lueur avait dansé dans ses yeux quand il avait répondu : Bien sûr mon ami, je sais ce que c'est.

En y repensant maintenant, il a le souffle coupé. Lentement, en faisant le moins de bruit possible, il descend l'escalier éclairé par la lune, il se dirige vers le doux chatoiement du chemisier de sa femme, qui effleure sa peau à chaque respiration sous la caresse de l'air, et des fourmillements naissent alors sur son front et aussi dans sa nuque et son torse et son dos et tout le long de ses jambes jusqu'à ses pieds et ses mains, le sang lui monte à la tête et il serre les poings au rythme des battements de son cœur.

Sa femme tressaille lorsqu'il atteint la dernière marche, elle tourne la tête, menton posé sur l'épaule, son visage lui fait face mais ses yeux regardent un point éloigné ; il se surprend à chercher sur ce visage les traces de larmes déjà versées ou sur le point de l'être, et soudain il sait qu'il espérait voir la trace de ces larmes, comme une forme d'érosion de son étrange fermeté, de sa confiance inébranlable dans la pertinence de leurs actes.

La guerre était arrivée lentement, elle s'était amplifiée autour d'eux plutôt que d'exploser à leur porte. La police était devenue milice. La ville s'était peuplée d'étrangers armés de fusils. Une femme qu'on avait fouettée avait été jetée un soir sur le trottoir devant l'hôpital depuis l'arrière d'un camion. Elle perdait beaucoup de sang et ses vêtements poisseux s'engluaient dans les plaies de son dos. Sur un écriteau accroché à son cou on pouvait lire ADULTÈRE. Elle n'avait pas plus de vingt ans et l'une des infirmières semblait la connaître, parce qu'elle pleurait tandis qu'on portait à l'intérieur, sur un drap, la femme à moitié inconsciente, et elle essayait de redresser le bras qui pendait à un angle bizarre du brancard improvisé, brisé peut-être pendant la chute depuis le plateau surélevé du camion, et l'infirmière répétait : Ô ma cousine, ma cousine, qu'as-tu fait ? Et l'un des hommes qui avaient jeté la femme fouettée était descendu du camion pour se diriger vers l'hôpital et parler à ceux qui se trouvaient là. Dans un arabe hésitant, avec un accent étranger, il avait annoncé : La vie de cette femme a été épargnée parce que sa famille a payé une amende. Aucun homme ne doit la toucher. S'il n'y a pas de femme médecin, une infirmière pourra recevoir des instructions depuis une pièce communicante. À partir d'aujourd'hui il y aura deux hôpitaux, un pour les hommes et un pour les femmes. L'hôpital des femmes sera installé dans l'école. Les garçons seront instruits ailleurs. Les filles resteront chez elles. Le visage de l'homme était d'une pâleur farineuse à l'exception de quelques plaques rouges qui couvraient ses joues bouffies ; ses petits yeux globuleux se cachaient derrière ses lunettes rondes ; il portait une tenue de combat avec un fusil passé à l'épaule et, sur la hanche, dans son étui, une longue lame incurvée comme un cimeterre. Un Allemand, avait pensé Farouk. Il ne pouvait pas détacher les yeux de ce spécimen exotique, ce converti aux joues couperosées, gonflé de rectitude morale, enfiévré par sa nouvelle position, par le rêve qu'il était en train de vivre. Le gros Allemand s'était détourné, deux de ses camarades l'avaient pris chacun par un bras pour le hisser sur la plateforme du camion, et ils étaient repartis dans un panache de poussière.

La femme avait perdu près d'un tiers de son sang et les réserves de l'hôpital étaient au plus bas. Un médecin-chef conseilla de nettoyer et de suturer les plaies, d'y appliquer de la crème antibiotique, puis de nourrir et d'hydrater la blessée pour que son sang se régénère de lui-même. Elle n'était pas dans une situation d'urgence vitale. La seule femme médecin au sein de l'établissement avait près de soixante-dix ans et n'avait pas l'expérience de blessures de cette nature ; la ville était petite et prospère, la goutte y sévissait, certains cancers étaient courants, mais la plupart des gens mouraient de vieillesse. Le soir même, elle avait annoncé à Farouk : Nous allons être obligés de faire ce qu'ils disent. Il faut s'installer dans l'école, dès aujourd'hui. Cette patiente ne peut pas rester ici. Presque toutes les autres peuvent être renvoyées chez elles ou accompagnées à pied jusqu'au nouveau bâtiment, et nous allons prier Dieu pour que cela suffise à nous éloigner de l'œil du cyclone. Si nous avons un afflux de blessés graves, ce sera sans espoir. La femme fouettée gémit doucement et l'infirmière qui était une parente lui posa une serviette mouillée sur le front, puis sur les lèvres, et elle se pencha vers elle pour la calmer en murmurant : Repose-toi, ma cousine, et ne fais pas de bruit. Ne nous cause pas davantage de soucis. Tes blessures sont déjà à moitié guéries.

Et c'est ainsi que l'hôpital avait divisé patients et soignants. Farouk et les autres médecins attendaient la vague à venir, et chaque fois qu'il en avait l'occasion il partait en voiture jusqu'à l'école avec le matériel qu'il pouvait récupérer. Le dispensaire des femmes était nu, meublé seulement d'une rangée de lits bas fabriqués avec le bois des anciens pupitres. À chacune de ses visites, la chef de service et ses deux infirmières, tenaces et terrifiées, lui remettaient une liste de médicaments et de matériel dont elles avaient besoin, et tout ce qu'il pouvait répondre, c'était : Je vais voir. Vous pourriez peut-être demander à la Croix-Rouge. Mais les combats n'étaient pas encore arrivés chez eux, ils ne faisaient leur apparition que de façon sporadique, plus au sud ; la ville servait de base d'où les rebelles lançaient des attaques avant de s'y replier, et l'hôpital des hommes soignait leurs blessés. Un soir où il rentrait chez lui, Farouk avait trouvé un inconnu appuyé contre sa voiture, un homme aux yeux noirs et à la silhouette trapue qui il lui avait dit : Je vais vous faire passer en Europe, vous, votre femme et votre fille.

Voilà ce que les gens qui ne sont pas d'ici savent de vous. Votre femme ne se couvre pas la tête. Sa mère est une chrétienne qui vient du nord. Votre père était une sorte d'apostat. Vous-même n'êtes pas pratiquant et votre maison est impure et votre fille est occidentalisée. Il avait voulu protester, mais l'homme l'avait interrompu : Moi, ça m'est égal, mon ami. Je ne crois pas en Dieu. S'Il existe, Il n'a rien à me dire et je n'ai rien à Lui dire. Si un jour je me trouve face à Lui, je hausserai les épaules en disant : J'ai fait ce que j'avais à faire, faites-en autant. Mon travail, c'est d'aller chercher ceux qui sont en danger et de les mener jusqu'à un endroit où ils seront en sécurité. Je crois en la vie, et je crois en l'argent, ce qui m'aide à poursuivre mon travail. Je suis un homme honnête. Si vous restez ici, votre fille sera prise comme épouse pour l'un de leurs soi-disant guerriers et elle sera violée. Votre femme aussi sera violée. Ils se serviront de vous jusqu'à ce que vous ne leur soyez plus utile et ensuite ils vous tueront. Farouk savait que le commerce de cet homme, c'était la peur, qu'il extorquait de l'argent à ceux auprès de qui il jouait les sauveurs, mais il savait aussi que la vérité n'était pas enfouie très loin dans ses exagérations.

Maintenant il se reprochait son aveuglement en se rappelant comment il avait scruté les yeux de l'homme et son visage alors qu'il parlait, et comment il avait cherché à entendre, au-delà des mots prononcés, son authenticité. Le plaisir enfantin qu'il avait ressenti lorsque le passeur avait changé d'approche et préféré la flatterie à la peur, l'interrogeant sur sa vie de médecin, sur ce que cela faisait d'être un homme si respecté, si cultivé ; l'émotion qui l'avait saisi quand l'autre avait déclaré que si un jour il avait un fils, et si ce fils devenait un homme comme Farouk, un médecin marié à une femme très belle, alors sa vie aurait valu la peine d'être vécue et il mourrait sans un regret. Il se souvenait d'avoir savouré l'approbation de cet étranger massif, de ce marchand de chair humaine, d'avoir été séduit et envoûté par sa voix doucement enjôleuse, par la suggestion que le monde avait besoin de lui plus que des autres hommes, que sa femme et sa fille pouvaient prétendre au salut avant les autres.

Toute sa vie son père avait voué une dévotion sans mesure à Marie, la mère de Dieu. Il priait avec les chrétiens dans une église qui lui était consacrée, bâtie à flanc de colline à l'ouest de la ville. Il parlait d'elle d'une voix douce, avec respect et un amour aussi tendre qu'impérieux. Elle est toutes les mères, disait-il, elle est toutes les femmes, le meilleur de la féminité. Pour nous il n'y a là aucun conflit ; elle est sacrée aussi dans nos Écritures. Parfois, Farouk se disait que son père souffrait d'une sorte de maladie dès lors qu'il était question de la Vierge, que sa dévotion était le symptôme d'un mal intime, de quelque chose qui s'était développé en lui insidieusement jusqu'à atteindre le fond de son être, et la vie de son père approchait déjà de son terme lorsqu'il avait enfin compris. Pour lui, elle était l'amour de sa mère, et le fantôme de sa femme, et la part la plus pure de sa vie. Il communiait avec le souvenir de l'amour dans cette minuscule église, au milieu de ses voisins chrétiens, et il n'était pas seul dans son étrange dévotion, dans son idolâtrie curieusement innocente. Maints hommes et femmes de leur foi célébraient le culte marial, et ils n'y voyaient aucune transgression, aucun affront ni forme de blasphème. Les nombreux amis et patients chrétiens de son père lui apportaient souvent des images de la Vierge en cadeau, celles-ci s'alignaient sur les étagères de son bureau et il passait des heures à examiner leurs ressemblances ou disparités, les variations infinies de formes et de teintes pour la représenter, les yeux en particulier, presque toujours levés, les mains jointes en prière, et ses pauvres genoux meurtris par les pierres qui ne pouvaient manquer de se trouver au pied de la Croix de son fils.

On ne voit pas ce qui se passe dans le cœur de son prochain, lui avait dit son père un jour. Ils étaient assis dans une petite église de pierre sur la colline qui surplombait le village de sa grand-mère. C'était la première fois, et ce serait aussi la dernière, que Farouk se retrouvait dans une église chrétienne. Un prêtre en soutane noire dirigeait la prière des fidèles, qui se tournaient successivement vers chacune des stations de la Croix, et il avait salué Farouk et son père d'un signe de la main lorsqu'ils étaient entrés. Les chants de l'assemblée, le parfum entêtant de l'encens et les bas-reliefs sculptés de la Passion se mêlaient pour former une sorte de rêve éveillé, et la crainte que Farouk avait éprouvée d'offenser Dieu par sa présence ici l'avait quitté ; il s'était adossé au banc de bois et avait écouté les conseils chuchotés par son père. Celui-ci lui avait dit : Si tu observes un homme de près, avec attention, tu finiras par connaître la nuance de son âme. Aucune âme n'est d'un blanc pur, excepté celle des nouveau-nés. Mais il y a des hommes dans ce monde qui feront le mal sans relâche, sans la moindre compassion, et il y en a dans ce monde qui préféreraient mourir plutôt que de nuire à autrui, et puis il y a le reste d'entre nous qui oscillons entre les deux. Méfie-toi des préceptes et des interdits, des croyances inflexibles. Tout y est dangereux ; même une chose aussi bienveillante que ce que tu vois ici pourrait dégénérer en folie. Il avait ensuite parlé de l'univers, du fait que les choses et les êtres humains ne faisaient qu'un, l'homme étant une façon pour la nature de se voir elle-même, d'éprouver le sentiment d'exister. Et il lui avait à nouveau recommandé d'écouter, d'observer, de faire tout son possible pour entendre ce qui n'était pas dit, pour voir la qualité de la lumière dans les yeux d'autrui.

Le garçon crucifié avait changé la donne. Jusque-là, Farouk résistait en disant : Attendons juste de voir ce que nous réserve le mois prochain, tout ça va peut-être passer. Personne n'oserait nous toucher, et la plupart des combats sont encore loin ; il n'est pas impossible que la ligne de feu s'éloigne au lieu de se rapprocher. Puis le sang accumulé sous la peau des pieds nus du garçon, violacés et distendus comme s'ils allaient éclater d'un instant à l'autre telles des baies trop mûres sur la branche, les câbles en plastique serrés à se rompre au-dessus des chevilles, les mains étrangement pâles. Peut-être le sang s'en était-il retiré parce qu'elles étaient attachées plus haut que les épaules, avait pensé Farouk en arrivant sur les lieux, et parce qu'il était mort depuis au moins une heure. La poussière était retombée sur la place du marché ce jour-là, la foule clairsemée bougeait peu, les gens, quand ils marchaient, avançaient doucement et personne n'élevait la voix ni ne s'attardait pour regarder la créature sur sa croix, le garçon au visage encapuchonné qui avait été un espion, semblait-il, qui avait lu une phrase de trop ou envoyé un message depuis son téléphone, ou bien un e-mail, ou qui avait d'une façon ou d'une autre commis une transgression. Il n'était même pas sûr qu'il s'agissait d'un jeune garçon, mais il y avait quelque chose dans les genoux écorchés, le short porté bas sur les hanches, qui évoquait l'enfance ou le début de l'adolescence, ce moment où il est presque impossible d'obéir aux règles énoncées par les hommes, de ne pas voir le monde en termes de choses offertes, de s'empêcher de rire à contretemps ou de céder aux impulsions qui s'embrasent et se consument à fleur de peau. Un homme gardait le pied de la croix, debout, berçant son fusil entre ses bras musculeux, les pieds bien plantés dans le sol, un foulard noir enroulé sur sa tête et un autre lui cachant le bas du visage de sorte qu'on ne voyait que ses yeux, insondables, et sans lumière, et morts.

Farouk, dit alors sa femme. Et puis plus rien. C'était une chose qu'elle faisait souvent, comme pour renforcer la conscience qu'elle avait de la présence de son mari, de sa réalité. Et toujours il répondait : Oui ? Ou bien : Qu'est-ce qu'il y a ? Mais avec les années il avait appris à ne rien dire lorsqu'il sentait en elle un certain état d'esprit, un mutisme pesant. Le temps du souci était passé, abandonné comme un vêtement trop porté ; ils connaissaient les moindres détails de leur projet, chaque étape du voyage, les points de rendez-vous et les itinéraires et les véhicules qui seraient empruntés. Seule subsistait une sorte de tension froide, une fragilité, tandis qu'ils se regardaient intensément, chacun essayant d'entendre ce que l'autre ne disait pas. Par lettre, il avait laissé ses instructions à son meilleur ami, un confrère célibataire qu'il connaissait depuis l'enfance, qui avait partagé sa chambre à l'université, qui avait porté un toast à son mariage et souri à sa fille nouveau-née, les yeux remplis de larmes. L'hôpital pourrait utiliser sa maison, avec tout ce qu'elle contenait, ainsi que sa voiture, et il était navré que les choses en soient arrivées là. Il avait pris soigneusement la mesure de ses responsabilités contradictoires, disait-il dans sa lettre, il avait réfléchi et réfléchi encore, regrettant l'époque où ces mêmes devoirs n'étaient pas incompatibles mais composaient les facettes d'une vie bien menée et tendaient tous vers un même but ; aujourd'hui pourtant, c'était ainsi qu'allait le monde, et il n'avait plus d'autre choix que de mettre sa femme et sa fille en sécurité.

La veille au soir, toute la famille de sa femme s'était réunie dans leur maison, et ses sœurs, l'une d'un an plus jeune et l'autre d'un an plus âgée, avaient couvert de baisers le visage de Martha en s'agrippant à elle, et en pleurant si fort que Farouk avait eu peur ; un passant pouvait les entendre, trouver suspect que des sanglots aussi violents proviennent d'une maison où personne n'était mort et en déduire qu'ils s'apprêtaient à partir. Amira avait demandé pourquoi ses tantes pleuraient, et sa grand-mère avait expliqué qu'elles pleuraient de joie, tellement heureuses que leur sœur et leur nièce partent pour une si grande aventure. Puis elle avait pris Amira sur ses genoux et lui avait dit : Quand je te reverrai, ma chérie, tu seras peut-être une scientifique comme ta mère, ou un médecin comme ton père, ou une boulangère comme ton grand-père et moi. Sois heureuse, quoi que tu deviennes, et souviens-toi que tu es très précieuse et que je t'aime très fort. Amira avait répondu d'un sourire aux paroles de sa grand-mère, et elle s'était pelotonnée sur ses genoux comme un bébé pendant que le père de Martha restait debout à côté de Farouk, observant comme lui en silence les adieux des femmes jusqu'à ce qu'il murmure : Que Dieu te garde, mon fils, qu'Il te donne une longue vie, et il avait pris la main de Farouk dans la sienne, qui tremblait violemment.

Farouk, dit encore sa femme, et il ressentit une envie subite de la gifler, de hurler que tout ça était de sa faute et qu'il regrettait de lui avoir parlé du passeur et de ses suggestions. Il s'imagina debout, la dominant d'une tête, exigeant de savoir ce qu'elle avait dit à cet homme le soir où elle avait tenu à lui parler seule, quelles promesses elle lui avait faites, pourquoi elle avait pu penser qu'il était permis de lui sourire de cette manière, de le séduire, de pouffer de rire en se couvrant la bouche comme une adolescente coquette pendant que lui restait assis dehors comme un gamin, comme un pénitent, sur un tabouret de jardin, gardé par un débile au visage constellé d'acné. Mais cette impulsion s'évanouit aussi vite qu'elle était apparue, et il s'étonna lui-même de ces choses encore jamais éprouvées qu'il découvrait en lui. Peut-être, se dit-il, est-ce ainsi pour tout le monde, lorsqu'on vit des périodes de pression terrible ; peut-être toutes les versions possibles d'une même personne peuvent-elles apparaître en même temps, le moi véritable de chacun n'étant qu'une particule non détectée pouvant prendre à n'importe quel moment toutes les formes inimaginables, et ne se fixant qu'une fois appelée par les circonstances. Alors il posa une main sur la joue de sa femme et fut soulagé quand elle prit cette main dans la sienne pour l'embrasser, la garder un instant contre ses lèvres et lui dire encore et encore qu'elle l'aimait, qu'elle n'avait jamais aimé que lui, le seul de tous les hommes sur cette terre à pouvoir la rendre heureuse. Et il eut pitié de tout homme qui n'était pas à sa place.

Il se souvenait des ciels bas de Londres et des rues animées, de l'odeur de la pluie le matin, délicatement terreuse près des parcs et plus âcre et métallique sur le béton et le bitume. Il adorait les brouillards soudains, leur manière de monter de la rivière pour s'effilocher entre les rangées d'immeubles en effaçant le paysage urbain, l'adoucissant jusqu'à le rendre fantomatique. Il parcourait à pied le bon kilomètre qui séparait sa piaule de l'hôpital universitaire en souriant aux passants qu'il croisait, et parfois ces derniers lui retournaient son sourire en lui disant bonjour. Il avait toujours un parapluie à la main parce que ça lui semblait la chose à faire, même s'il ne l'ouvrait que rarement, et parfois il entrait dans un pub pour regarder se succéder les petites comédies qui se jouaient entre un homme et une femme encore inconnus l'un à l'autre. Certains de ses amis étudiants en médecine consacraient leur temps libre à ces folles poursuites, et il lui arrivait de se joindre à eux mais sans jamais vraiment se donner la peine d'essayer. Il se demandait maintenant ce qu'il ressentirait lorsque des hommes se pavaneraient autour de sa fille, lui racontant des histoires, tâchant de la convaincre, de la faire rire, de l'impressionner, de vaincre ses résistances pour qu'elle accepte de coucher avec eux. Il était un homme du monde, progressiste, presque un socialiste. Mais malgré tout il entendait un murmure dans sa tête, une voix douce, raisonnable et mesurée, qui disait : Au fond de toi n'envies-tu pas un peu ces militants ? L'aisance qu'ils se sont octroyée avec leurs certitudes, leurs catégories imparables, leur parfaite clarté ? Et il se demandait si après tout ce serait si terrible, de rester, de se laisser pousser la barbe d'une certaine façon, de prier, de garder sa fille enfermée loin du monde jusqu'au jour où elle aurait l'âge de devenir épouse et mère, d'être le seul homme à poser les yeux sur la chair de sa femme.

La lune, l'acacia et la jeep étaient parfaitement alignés dans la cour. On entendait des bestioles s'affairer dans les buissons et comme une vibration basse en provenance de l'est, et l'homme attendait debout, souriant, devant la portière conducteur. Il annonça : J'ai décidé de te conduire moi-même, mon frère. Je me fais un souci tout particulier pour toi. Je sens que tu as des choses importantes à faire. Bien, tu as l'argent des bakchichs ? Oui. Donne-le-moi. Il y aura au moins deux patrouilles entre ici et le bateau, et la lune n'est pas de notre côté ce soir, elle brille comme une torche. On t'a demandé de rentrer auprès de tes parents dans le nord parce que ton père est en train de mourir. Je suis ton cousin. D'accord ? Veille bien à ce que ta femme et ta fille soient couvertes comme il faut et qu'elles prennent leurs précautions avant de partir, et dis-leur de se taire si on nous arrête, de ne pas parler, ni entre elles ni à personne, sauf si on s'adresse à elles d'abord. Tu comprends ? Farouk répondit qu'il comprenait, sa femme et sa fille traversèrent la cour jusqu'à la voiture, comme flottant dans leur inhabituel accoutrement, puis le passeur attrapa leurs bagages pour les ranger, et sa fille demanda une nouvelle fois où ils allaient, pourquoi elle devait porter ça, et sa femme lui répondit : Chut, ma chérie, ne dis rien, allonge-toi, pose la tête sur mes genoux et rendors-toi, on est encore en plein milieu de la nuit.

Il avait imaginé un trajet silencieux et tendu, une nuit oppressante dont ils seraient prisonniers, mais la terre était lumineuse, baignée de lumière argentée, la poussière de la route plaquée au sol par la rosée, et il avait oublié à quel point le paysage était beau, quand il ondulait à perte de vue et changeait soudain de texture et d'aspect, et il ressentit une pointe de nostalgie pour son enfance, pour ses parents et pour le temps où toutes les décisions étaient faciles à prendre ou bien prises à sa place. Le passeur conduisait en silence, et ses rares paroles faisaient à chaque fois sursauter Farouk. Il le félicita de sa lucidité, fit le souhait que ses amis et voisins l'imitent et quittent eux aussi le pays. Puis il se retourna à moitié sur son siège et sourit à Martha, qu'il complimenta sur sa profession – une biologiste, dit-il en ralentissant son débit pour insister sur le terme. L'étude de la vie. C'est ce que je serais devenu moi-même si j'avais été assez intelligent ! Mais tout ce que je sais faire c'est ça, conduire des voitures, payer des dessous-de-table, et affréter des bateaux à même de prendre la mer.

Au bout d'une heure un camion apparut, s'arrêta sur le bas-côté à l'horizon, et en approchant ils virent que c'était un véhicule blindé qui portait les armes d'un régime étranger, et il y avait trois soldats déployés en travers de la route, deux qui se tenaient accroupis sur le côté, fusil à l'épaule et visant résolument leur pare-brise, et un autre au milieu, face à eux, une main levée pour les arrêter. Le chauffeur avança lentement jusqu'au checkpoint et baissa sa vitre en souriant ; on l'informa qu'il y avait maintenant un péage sur la route, sur ordre du gouvernement provisoire, et que ce péage était calculé en fonction du nombre de passagers, de leur destination et des raisons de leur voyage. Le conducteur répondit à voix basse pendant une minute ou deux, puis il tendit une liasse de billets au soldat, qui salua Farouk d'un hochement de tête et se pencha en avant pour inspecter la banquette arrière, et Farouk en risquant un coup d'œil par-dessus son épaule vit sa femme immobile, les yeux baissés, et sa fille allongée, la tête sur les genoux de sa mère qui posait une main gantée sur la joue de l'enfant et cachait l'autre pudiquement derrière son dos.

Sur un signe de leur chef, les soldats déplacèrent le camion pour les laisser passer, et ils reprirent la route avec sur leur droite le soleil qui se levait, jusqu'à ce qu'enfin apparaisse la mer scintillante ; ils s'arrêtèrent sur un quai étroit devant une petite cale, et une mouette portée par la brise les survola en criant au moment où Farouk, sa femme et sa fille regardaient l'horizon incurvé au-delà du désert d'eau. On attend, dit leur chauffeur ; Farouk voulut répondre mais il s'aperçut qu'il n'y avait rien à dire, rien à faire d'autre qu'attendre, et il se tut. À gauche du quai, une plage au tracé irrégulier s'étirait jusqu'à un promontoire rocheux, et sur toute sa longueur des petits groupes de gens, debout, observaient la mer et le chemin qu'y dessinaient le soleil levant. La plupart étaient entourés d'un rempart de bagages disposés autour d'eux en guise de protection, cercles de totems érigés sur le sable pour contenir des âmes et tout ce que ces âmes ne pouvaient se résoudre à laisser derrière elles, dans leur ancien monde. Certains sont là depuis des jours, leur expliqua le chauffeur comme s'il n'était pas concerné le moins du monde, comme si ces gens étaient les clients d'organisateurs moins méticuleux, de passeurs sans scrupules. Avec un claquement de langue il hocha la tête et regarda sa montre, et la mouette solitaire reprit ses criaillements au moment où une petite vedette contournait le promontoire ; le pilote vira brusquement pour l'amarrer au quai, et sur la plage les groupes se dénouèrent, les voyageurs empoignèrent leurs bagages et se dirigèrent vers l'embarcation.

Le bateau était ancré au large, presque au-delà de ce qu'on pouvait discerner à l'œil nu, et la vedette avançait bas sur l'eau mais elle ne tanguait pas, ne roulait pas, elle semblait glisser sans effort sur la houle légère, et Farouk sentait sur son poignet la main de sa fille, posée là sans se crisper comme elle l'aurait fait si la petite avait peur. Accrochée à son bras, sa femme relâcha peu à peu son étreinte, puis tourna vers le soleil son visage voilé et se mit à chantonner tandis qu'ils fendaient les vagues, d'une voix qui atténuait le grondement du moteur diesel, et le rendait moins déplaisant, et Farouk s'aperçut que leur trajectoire coupait en deux le reflet du soleil. Une douceur tempérait l'air salé, les autres passagers se taisaient mais ils semblaient satisfaits, les hommes posaient les pieds sur leurs valises en cuir, les femmes échangeaient des sourires timides, et Farouk sentit revenir le calme qui l'avait fui depuis des semaines, des mois, depuis les premiers jours où ils avaient planifié leur exode. Le pilote de la vedette paraissait jeune, mais il tenait son poste à la proue avec autorité ; il y avait dans ses mouvements l'assurance qui vient de l'habitude, une nonchalance dans sa manière de scruter l'horizon et d'ajuster le volant aux ondulations de la houle pour que le bateau reste aussi stable que possible, et Farouk se fit la remarque que tous les autres passagers étaient plutôt bien vêtus, d'apparence respectable, et il décida que le passeur n'avait pas complètement menti lorsqu'il leur avait promis un voyage agréable sur une embarcation moderne, avec un équipage expérimenté et pour compagnons de traversée des gens comme lui, exerçant des professions libérales, mariés à d'honnêtes femmes et avec des enfants bien élevés, à l'abri de la racaille, et il sentit monter en lui une bouffée de fierté : il était le genre d'homme capable d'organiser la fuite de sa famille, de se donner les moyens qu'il fallait pour les conduire tous en Europe et s'inventer une nouvelle vie là-bas, une vie meilleure et libérée de la peur. Il observa le profil de sa femme et fit un geste pour qu'elle le regarde, et quand elle tourna la tête vers lui il comprit qu'il avait eu raison, qu'elle le voyait comme un homme compétent, un mari et un père énergique, un sauveur, et elle savait qu'il lui avait permis d'interroger seule le passeur simplement pour alléger ses craintes à elle, qu'il avait cédé dans le but de lui faire plaisir. Il prit une longue goulée d'air frais et lui sourit.

Ça ne peut pas être notre bateau, dit quelqu'un derrière eux, et il y eut un mouvement du côté de la proue.

Farouk se leva pour regarder. Le pilote se penchait depuis le pont étroit pour répondre en quelques mots rapides à celui qui lui parlait ; le soleil se réfléchissait dans les verres de ses lunettes teintées de sorte qu'on ne voyait pas son expression et qu'il était impossible de savoir s'il était en colère, mais l'homme qui se dressait devant lui pointait son doigt vers la poitrine du pilote, et Farouk aperçut dans sa main droite une paire de petites jumelles avec lesquelles il avait dû voir le bateau à l'ancre. Plissant les yeux et mettant une main en visière pour se protéger du soleil, Farouk vit qu'il était petit, en bois et avec un seul mât, qu'il ne ressemblait en rien à la description du passeur, et il comprit pourquoi on les avait fait embarquer sur la vedette depuis le rivage : les trafiquants ne pouvaient pas leur permettre d'inspecter le bateau depuis le quai, lorsqu'ils avaient encore la possibilité de faire marche arrière et de reprendre la route qui les ramènerait chez eux. Farouk regarda Martha, qui avait retiré son voile et lui souriait ; sa fille demanda s'ils étaient bientôt arrivés, ajouta qu'elle avait mal au cœur, et voulut savoir si le grand bateau allait autant secouer que celui-là et pouvait-elle parler à la petite fille assise un peu plus loin à côté de ses frères avec sa maman et son papa, et Farouk vit que le pilote avait à présent une arme à la main, un fusil de petit calibre avec le canon pointé vers le bas, et dont il avait passé la bandoulière autour de son cou, mais l'arme était peut-être là depuis le début sans qu'il la remarque, et l'homme qui avait protesté ne disait plus rien maintenant, il retournait à sa place, les yeux rivés au canon luisant, et Farouk vit un oiseau d'un noir de jais virevolter dans le soleil avant de piquer pour disparaître dans les vagues, les ailes collées au corps. Il eut soudain le souffle coupé, comme s'il avait couru, et il s'assit pour répondre : Bien sûr ma chérie, bien sûr tu peux aller lui parler.

Il n'y avait dès lors plus rien à faire. Il pensa à tout ce que le responsable de l'opération avait dit, et à toutes les questions auxquelles il avait répondu un peu trop vite, et au sac de toile noire fermé par des cordons dans lequel il avait déposé l'argent après l'avoir recompté, à la façon dont les cordons avaient été resserrés et au soulagement qu'il avait éprouvé, lui, Farouk, lorsque le marché avait été conclu, et à l'excitation étrange qui s'était emparée de lui en imaginant leur aventure, et une crampe lui brûla le ventre au souvenir de la vision qu'il avait eue, lui debout à la proue d'un yacht rutilant, s'émerveillant de la vivacité et de la souplesse du bateau qui fendait les flots sans effort, tandis qu'à ses côtés Martha s'exclamait : Oh, que c'est beau ! Que c'est beau ! Et maintenant ils tanguaient dans la houle à côté d'un vieux rafiot de bois, et le pilote leur disait de retirer leurs gilets de sauvetage, ils appartenaient à la vedette, l'équipage du bateau leur en donnerait d'autres une fois à bord ; se tenant d'une main à une poignée, il maintenait l'embarcation sur le flanc tribord du rafiot, qu'il avait arrimé avec une corde ayant visiblement connu des jours meilleurs, puis soudain il saisit le bras d'une femme qui enjambait le bord pour poser le pied sur le premier barreau d'une échelle fixée au pont ; elle hurlait à son mari qu'elle avait peur, que les vagues étaient trop hautes, qu'elle voulait rentrer chez elle, que tout ça ne lui inspirait pas confiance, et son mari la poussa alors brutalement par-derrière, et Farouk vit valser les jumelles qu'il portait toujours attachées autour du cou par une lanière.

Il aida sa femme et sa fille à grimper sur le rafiot ; Martha avait posé les mains sur les épaules de la petite, qui regarda avec étonnement le mât érigé au milieu du pont, la bôme nue fixée à l'horizontale, avant de sourire à la fillette qu'elle avait remarquée un peu plus tôt, à moitié cachée maintenant dans les jupes de sa mère, et de tendre sa poupée devant elle pour que l'autre la voie, et Farouk comprit qu'elle n'avait pas peur, que ça ne viendrait jamais à l'esprit d'une enfant tant aimée et si bien protégée de se sentir en danger, avec sa mère et son père si près d'elle ; sa confiance en eux était entière et implicite, et l'amour qu'elle leur vouait absolu. Il éprouva de la gratitude pour la force d'âme de sa femme, pour sa capacité à étouffer sa terreur : elle avait une peur panique de la mer. Elle avait lu les histoires d'exilés ayant fui dans le passé après avoir payé des fortunes pour se retrouver entassés de force dans des canots pneumatiques, comme des sardines dans une boîte, et les canots dégonflés avaient sombré avec tous leurs passagers, mais elle avait accepté la décision de son mari : ceux avec qui ils avaient conclu un marché étaient dignes de confiance et ils allaient les conduire en lieu sûr, jamais ils n'oseraient mettre en péril la vie de gens comme eux, ça ressemblerait à une croisière touristique. D'après les informations qu'on leur avait données lorsqu'ils avaient eux-mêmes fourni leurs références, ils s'arrêteraient pour un court séjour sur une petite île avant leur transfert vers l'Europe continentale, vers un pays qui manquait de médecins qualifiés, et quel pays n'en manquait pas de nos jours ?

Quand enfin la vedette fut vidée de ses passagers et que ceux-ci se furent réunis sur le pont en un petit groupe hésitant, l'homme qui s'était plaint se mit à inspecter le bateau. Il se dirigea vers l'arrière, donna quelques coups sur la rambarde et se pencha tellement que Farouk eut peur qu'il tombe à l'eau. Il avait le cul large et le ventre à l'avenant, et la rambarde fléchit nettement sous son poids jusqu'à ce qu'il se redresse. Il retira les jumelles de son cou et les y remit ensuite pour les porter à ses yeux et scruter l'horizon, dans quel but Farouk n'en avait pas la moindre idée, puis l'homme s'agenouilla comme pour prier mais au lieu de ça il colla l'oreille aux planches du pont, tapota sur le bois du bout des doigts et écouta, l'air d'attendre une réponse, une tonalité ou un timbre particulier dans l'écho des coups frappés qui lui révélerait la navigabilité, ou non, du bateau. Après quoi il se releva lentement et traversa le groupe formé par ses compagnons de traversée, qui s'écartèrent silencieusement à son passage, et il se dirigea vers la cabine de pilotage, qui était séparée du pont par une chaîne ; au moment où il levait le pied pour l'enjamber, le pilote de la vedette lui cria depuis sa proue : Ne dérangez pas l'équipage, ils dorment ! Et il se mit à jeter à leurs pieds les bagages amassés au milieu du canot, et l'homme qui s'était plaint se pencha sur le flanc tribord pour protester mais le pilote ne lui répondit pas, pas plus qu'il ne modifia le rythme qu'il avait établi pour se baisser, saisir une malle ou une valise et la lancer en direction des passagers, et l'un des bagages rebondit contre la barre supérieure de la rambarde et atterrit en pleine mer dans une gerbe d'éclaboussures avant de sombrer très vite, et quelqu'un gémit comme un petit enfant, et Farouk vit que c'était bien un enfant, la gamine à qui sa fille avait souri, et sa mère pleurait sans bruit tout en l'attirant vers elle pour l'éloigner du bord en disant : Ce n'est rien, ma chérie, ce n'est rien, tout ce qui est perdu sera remplacé.

Quand la plupart des bagages furent déchargés de la vedette et entassés sur le pont du rafiot, le pilote tendit le bras vers l'écoutille au centre et leur ordonna de descendre, de s'asseoir, et d'attendre. Il leva un peu le canon de son arme tout en parlant, et son doigt battait la mesure sur le pontet pour souligner chacun de ses mots : Tout le monde en bas, l'équipage va vous apporter de l'eau. C'est dangereux d'être vus sur le pont. Mais il faisait un noir d'encre dans le ventre du bateau, qui sentait le diesel et le poisson, et il n'y avait pas de sièges, alors les passagers éclairèrent les lieux avec leurs iPhones et ils virent que des gens étaient déjà installés là, silencieux, blottis les uns contre les autres, certains avec des bébés endormis dans les bras, d'autres accompagnés de jeunes enfants qui s'accrochaient à leur mère, et Farouk ne pouvait pas discerner leur nombre, et la trappe se referma au-dessus d'eux et des voix s'élevèrent, ou au moins une voix, puis une porte s'ouvrit et se ferma et s'ouvrit encore avant de claquer enfin, très fort, et on entendit des allées et venues et finalement le moteur de la vedette s'emballa et s'éloigna en toussant, et une longue minute plus tard celui de leur rafiot crachota à son tour et Farouk se dit que la prochaine série de hoquets mécaniques signalerait la mise en marche des pompes de cale. Avec la torche de son téléphone, il éclaira la porte derrière lui, puis il essaya de faire tourner la poignée en forme de roue mais elle était verrouillée, ou coincée, et il savait que c'était la porte de la salle des machines, alors il inspira et expira lentement tout en cherchant la main de Martha, et quand enfin il la trouva, sa femme lui dit à voix basse, pour que leur fille n'entende pas : Farouk, mon amour, c'est toujours mieux que de rester sans rien faire à attendre la mort.

Le bateau roulait et tanguait, quelqu'un gémissait, en proie au mal de mer, mais pour le reste la cale était quasi silencieuse. Et les heures passèrent ainsi et Farouk repensa à un article qu'il avait lu sur Copernic, ce grand observateur, qui avait établi qu'il était impossible de mesurer le mouvement depuis l'intérieur d'un navire, et il se dit que cette observation sur la mesure du mouvement relatif était similaire à celle formulée par Einstein des siècles plus tard pour expliquer la nature même de l'espace et du temps, et il se demanda quel genre d'homme il pouvait bien être, assis par terre dans la cale d'un navire, comme un prisonnier, comme un esclave captif, à ressasser des pensées comme celle-là, des pensées inutiles sur des choses qu'il ne comprenait qu'à moitié alors qu'il aurait dû être sur le pont à interroger le capitaine et l'équipage, à chercher pourquoi il y avait un tel gouffre entre les promesses du passeur et la vérité de ce voyage, ou au moins à se procurer de l'eau fraîche pour sa fille et sa femme.

Les pleurs résonnaient à son oreille depuis un moment déjà quand il comprit que c'étaient ceux de son enfant. Sa femme lui racontait à voix basse l'histoire d'une jeune fille prisonnière d'un roi qui voulait l'épouser, mais il était vieux et très laid et jamais elle ne l'aimerait, alors il la gardait enfermée au sommet d'une tour, dans une chambre remplie de jolies choses, de bijoux, de vêtements et d'instruments de musique, et on lui envoyait tous les jours des artistes ainsi que des clowns et des conteurs pour la distraire, mais elle passait ses journées assise à la fenêtre à nourrir un petit oiseau qui venait se poser sur le rebord, et à lui chuchoter des secrets. Le roi lui rendait visite chaque soir mais la jeune fille refusait toujours de lui parler, alors un jour le roi demanda à son meilleur archer de tuer l'oiseau et il observa de loin, avec un miroir, la mince flèche qui transperça la poitrine de l'oiseau sur le rebord de la fenêtre tandis que la jeune fille lui chuchotait quelque chose, et il la regarda pleurer des heures en silence, et ses larmes formèrent une flaque autour du petit corps du volatile, et à la fin le roi regretta ce qu'il avait fait et donna l'ordre à tous les oiseaux du ciel de rendre visite à la jeune fille et de s'installer sur le bord de sa fenêtre pour qu'elle puisse leur parler doucement, mais les oiseaux refusaient de l'écouter, ils refusaient même de rester tranquilles pendant qu'il hurlait ses injonctions au ciel et aux arbres, et la colère du roi finit par le submerger et le rendit fou et il ordonna à ses archers de tuer tous les oiseaux du royaume, et ces derniers lui obéirent car ils avaient peur de lui, et le massacre des oiseaux prit des années et des années, coûtant au roi tout son or et tous ses châteaux, parce qu'il devait recruter des archers dans le monde entier pour tuer tous les oiseaux, puis finalement le ciel du royaume se vida et l'on cessa à jamais d'entendre le chant des oiseaux, mais le roi n'était plus désormais qu'un vieil homme épuisé habitant une minuscule cabane au fond des bois silencieux, et la jeune fille s'était depuis longtemps échappée de la tour pour rentrer chez elle dans sa famille, et le roi avait depuis longtemps oublié pourquoi il avait tant détesté les oiseaux, pourquoi il les avait tous fait tuer, et pourquoi son désir de les voir disparaître lui avait fait tout perdre, jusqu'à son royaume.

Et Farouk se demanda pourquoi Martha avait choisi une histoire si triste, pourquoi elle avait fait pleurer leur fille, et il se rendit compte que tous les passagers s'étaient tus et regardaient sa femme, et que la seule source de lumière dans la soute provenait de la fente le long du montant de la trappe au-dessus d'eux et des torches des téléphones, mais il vit malgré tout que certaines des femmes et des petites filles avaient les larmes aux yeux, et que certains des hommes affichaient un air pensif alors que d'autres paraissaient en colère, et l'on n'entendait que les sanglots étouffés de sa fille qui s'accrochait à sa mère, et la voix de sa femme qui répétait : Chut, mon amour, ce n'est pas une histoire vraie, c'est une fable, et sa morale est la suivante : il est inutile de blâmer les autres lorsque les choses ne sont pas comme nous aimerions qu'elles soient. Alors l'homme qui s'était plaint se leva, et comme Farouk s'attendait à ce qu'il critique Martha pour avoir raconté une telle histoire, il se prépara à défendre sa femme, à remettre l'homme à sa place, à lui dire de se taire et de garder ses lamentations pour lui, en ajoutant qu'il devrait avoir honte de prendre autant à cœur une histoire racontée par une femme à son enfant, mais l'homme se contenta de dire : Les gilets de sauvetage. On les a rendus à ce garçon parce qu'il nous a dit qu'on nous en donnerait d'autres. Venez, mes amis, il faut qu'on aille voir le capitaine et l'équipage. On ne peut pas rester assis dans le noir comme des imbéciles.

Et une autre voix derrière lui s'éleva pour répondre : Il n'y a pas de gilets de sauvetage sur ce bateau. Il n'y a pas de capitaine. Et il n'y a pas non plus d'équipage. Il n'y a rien d'autre sur ce bateau que nous.

Farouk aimait raconter ce conte. Chaque fois qu'il en faisait le récit, quelque chose de nouveau lui venait à l'esprit, une signification différente qui pouvait être attribuée à la fille dans sa tour ou au roi et à sa guerre contre les oiseaux. Ceux qui l'interrogeaient essayaient invariablement de l'arrêter à ce moment-là, en lui disant que ce n'était pas pertinent, qu'il n'avait pas besoin d'ajouter ce détail à son dossier, cette fable n'y avait pas sa place, et alors il marquait une pause, il les regardait solennellement et attendait qu'ils commencent à s'agiter sur leurs sièges, gênés, ou qu'ils l'exhortent à continuer, et là il leur disait : C'est la partie la plus importante de mon histoire, *c'est* mon histoire, et puis il se mettait à rire, ou parfois à pleurer, ou bien les deux un peu en même temps. Cela semblait aussi ridicule, aussi vain, de rire que de pleurer. Cela semblait être la même chose, le flux et le reflux d'une même eau, l'inversion insidieuse de l'un et de l'autre, nuit, jour, nuit, jour, nuit. Il lui arrivait d'imaginer que son interlocuteur était Dieu, et que le but de cet entretien était d'assurer son passage au Paradis, de vérifier son éligibilité pour une place dans l'au-delà, de décider du traitement qu'il recevrait là-haut. Il imaginait aussi parfois qu'il s'adressait à un enfant, alors il racontait son histoire depuis le début dans les termes les plus simples, avec des phrases courtes et lentement énoncées, et il lui arrivait certaines fois de passer directement à l'histoire du roi, de la fille et des oiseaux, et ses interlocuteurs hochaient alors la tête et lui disaient que la séance était terminée, qu'il n'aurait pas dû déposer de dossier s'il n'était pas disposé à coopérer, à s'aider lui-même, s'il n'était pas prêt à donner un compte rendu complet et sincère des raisons pour lesquelles il demandait l'asile dans leur pays.

Parfois il se demandait si ce qu'il racontait était la vérité. Autour de lui, tout le monde supposait qu'il mentait. Sur le fait d'être médecin et d'avoir été embarqué clandestinement sur un bateau de pêche, sur les raisons qui l'avaient poussé à quitter sa maison, sur sa femme, sur sa fille. Peut-être n'avait-il jamais eu de fille ou de femme. Leur existence ne lui paraissait plus possible : la mer, lorsqu'il la regardait, semblait toujours calme ; la tempête qui avait projeté leur bateau d'un creux et d'une crête à l'autre et qui l'avait fait voler en débris épars ne semblait plus être une chose qui s'était réellement produite. L'homme récalcitrant devant la porte qui menait au pont, hurlant : Ouvrez, ouvrez là-dedans, implorant Farouk de l'aider à peser sur la poignée, de l'aider à défoncer le battant. La clameur du vent, la clameur. La porte qui cède. Les corps qui se bousculent et tombent sur le pont désert, le silence de ce lieu sans âme. Le boîtier qui fait tic-tac en clignotant, fixé et verrouillé au gouvernail. Le pilote automatique, le GPS et la mer enragée qui s'acharne avec révulsion contre la proue, puis contre la poupe, à bâbord et à tribord, et à nouveau contre le mât, la bôme, le pont et la cale et toutes les âmes à bord de l'embarcation sans équipage, du petit bateau qui file en aveugle vers le néant.

Au bout d'un certain temps, un temps incommensurable, semblait-il, son esprit commença à s'éclaircir. Il ne se souvenait pas de la date de leur départ, ni de la manière dont ils étaient partis ; il savait seulement, ou devinait à la douceur de l'air et à l'arc du soleil, que c'était à présent le début de l'été. Une herbe courte et rêche, d'un vert tirant sur le brun, poussait à l'extérieur de la tente. Les lits à l'intérieur étaient étroits et durs, disposés le long des parois de toile en un carré approximatif. Parmi les hommes, certains restaient allongés à fumer toute la journée, se levant uniquement pour faire la queue au moment de la distribution des repas et des bouteilles d'eau le matin, en début d'après-midi et le soir. Pendant une semaine à peu près, il était resté complètement silencieux, observant les lieux depuis sa couchette. Un des réfugiés lui apportait des provisions et de l'eau en l'appelant mon frère. Tiens, mon frère, mange. Voilà, mon frère, bois. Il demeurait donc allongé sur sa couchette étroite dans des vêtements qui n'étaient pas à lui : des chaussettes épaisses, un pantalon en velours côtelé, des sous-vêtements amples et une chemise blanche boutonnée sur un T-shirt blanc, et il y avait au pied de son lit une pile bien nette de deux tenues complètes, exactement identiques, mais pas de chaussures. Tu dois garder l'œil ouvert quand je ne suis pas là, mon frère, lui dit l'homme qui lui apportait à boire et à manger. On t'a volé tes chaussures. Reste éveillé quand je ne suis pas là. Ces associations n'ont pas beaucoup de moyens, et il y a dans ce camp des gens qui ne devraient pas y être, on tire le plus possible sur un système qui doit en faire davantage chaque jour mais les ressources se font de plus en plus rares et bientôt tout va exploser et se désintégrer et nous on se retrouvera là à se battre entre nous pour ce qui reste, ou bien tout sera rasé et un bus nous conduira Dieu sait où.

Alors Farouk se mit à parler, et il eut l'impression que les mots appuyaient sur les parois de sa gorge pour aller mourir à l'air libre. L'homme se pencha plus près et Farouk sentit une odeur de renfermé et de fumée de cigarette, il vit sur son cou une éruption à vif qui se propageait depuis l'oreille, et la ligne blanche d'une cicatrice bien visible dans ses cheveux clairsemés au-dessus de la même oreille, celle qui attendait maintenant que Farouk essaie à nouveau de parler. L'homme, tout à son anticipation patiente, avait fermé les yeux, et Farouk sentit qu'il était seul depuis longtemps, qu'il s'y était habitué, poussé là par un vent négligent, mais qu'il était desséché et sur le point de tomber en poussière. Et Farouk murmura à l'oreille de l'homme : Il faut que j'attende.

Eh bien, mon frère, tu ne peux pas rester ici éternellement. Je suis vieux, et il se pourrait bien que je meure ici. Ça ne me dérange pas de mourir ici. Je prie seulement pour que ça se produise dans mon sommeil. De toute façon, nous entrevoyons l'autre monde dans nos rêves ; ce ne serait rien de plus, juste un rêve dont je ne me réveillerais jamais. Certaines nuits, je sens comme un murmure et un galop dans ma poitrine, une pause, et puis ça cavale avant de refaire une pause, et je suis sûr que mon cœur touche à sa fin nécessaire. Je ne serais pas venu ici si je n'avais pas toujours redouté d'être enterré vivant. C'est ma plus grande crainte. C'est ce qui m'a poussé à quitter ma maison. L'idée d'un grand poids pesant au-dessus de moi sans que j'aie la place de bouger ni de me retourner, l'absence totale de lumière. Ma maison était construite en terre battue et j'y suis resté alors que tout le monde était parti, mes fils et leurs filles vers l'Europe et ma femme dans sa tombe, et chaque jour le bruit des combats se rapprochait mais je suis resté chez moi jusqu'à ce qu'une file de civils passe devant ma porte sur le chemin de l'autoroute, certains en voiture et d'autres à pied, poussant des petites remorques remplies d'enfants et d'objets divers. Madaya est tombée, m'a dit un homme, et il a décrit les bombardements, les obus qui pleuvaient sur la ville en rasant des rues entières et les gens ensevelis dans ces ruines, les gens qui appelaient de sous les décombres. C'est là que je me suis mis en marche, et j'ai donné tout l'argent que j'avais à un homme qui m'a donné une place sur un canot pneumatique, et le temps était clément et nous nous sommes échoués ici.

Alors Farouk entoura d'une main le poignet de l'homme et posa doucement le bout de ses doigts sur l'artère pour percevoir son pouls. Au bout d'une minute, il lui dit : Vous avez un rythme cardiaque ectopique. Un influx électrique supplémentaire. Le corps génère un influx minuscle qui détermine la fréquence cardiaque de chacun. Il se trouve que vous, vous avez un influx supplémentaire, qui est intermittent et irrégulier et qui provoque votre arythmie. Il se manifeste lorsque vous restez pendant de longues périodes sans bouger, comme quand vous êtes au lit pour dormir. Il n'y a rien de mortel là-dedans. Le potassium a un effet régulateur, alors mangez des bananes. On peut aussi vous prescrire des bêta-bloquants, mais c'est un traitement de choc qui risquerait d'entraver la production de cortisone. Mon meilleur conseil pour éviter que votre cœur s'emballe, c'est d'augmenter chaque jour votre fréquence cardiaque pendant une période prolongée, en faisant du jogging ou en marchant d'un bon pas, ou peut-être en nageant.

Le vieil homme se mit à rire en entendant ça, d'un rire discret et presque silencieux, une série d'exhalaisons. Puis il regarda Farouk avec des yeux brillants, le visage plissé de rides souriantes, et il lui dit : Tu sais, c'est drôle. J'ai su que tu étais médecin dès qu'ils t'ont amené ici. Il y avait quelque chose dans la façon dont tu te tenais, la façon dont tu nous as salués à ton arrivée, ou pas salués. C'est un sentiment que j'ai eu. Mais ça fait longtemps que je lis les visages des gens et leur façon d'être. Cela ne m'a encore jamais rien rapporté, ce don que j'ai. Mais certaines choses sont juste ce qu'elles sont et rien d'autre. Pourquoi faut-il que tu attendes ?

Je dois attendre ici ma fille et ma femme. Elles sont avec les autres femmes et les enfants dans une partie différente du camp. C'est comme ça que ça se passe, n'est-ce pas ? Les femmes et les enfants sont séparés des hommes pendant qu'on tâche de leur trouver un logement familial approprié, et puis ensuite il faut s'occuper de la paperasse. Ça ne me dérange pas d'attendre ici. Je suppose que les autres hommes sont tous là à attendre eux aussi, pendant que leurs femmes et leurs enfants prennent leurs marques et s'installent dans l'attente. Nous devons être patients, tous autant que nous sommes. Il ne sert à rien de se battre contre la marée. Martha a nos papiers et Amira est une fille intelligente, à elles deux elles arrangeront tout et viendront me chercher quand le moment sera venu. Je ne me suis jamais senti aussi fatigué de toute ma vie. Le voyage, je suppose. J'ai toujours travaillé de longues heures mais je n'avais jamais eu jusque-là à faire un aussi long trajet. Même lorsque je prenais l'avion pour Londres, je dormais à l'aller comme au retour. J'avais peur de l'avion, alors je prenais toujours un somnifère. Mon père me conduisait jusqu'à Damas et il venait m'attendre à l'aéroport quand je revenais. Comme c'était facile alors, de se déplacer à travers le monde.

Et il se demanda pourquoi le vieil homme le regardait avec une expression aussi étrange sur le visage. Pourquoi la main du vieil homme reposait maintenant sur son épaule, qu'il serrait doucement en suivant une sorte de rythme lent, et pourquoi le vieil homme hochait calmement la tête en disant : Dors maintenant, mon ami, allonge-toi et dors. Je vais rester ici et veiller sur toi et sur tes vêtements de rechange, et demain j'essaierai de te dénicher des chaussures. Il faut que tu te reposes, mon frère. Farouk s'allongea, et le vieil homme déplia sur lui une grosse couverture qu'il attrapa sur son propre lit, dont la tête faisait un angle droit avec le pied du lit de Farouk ; son oreiller se trouvait presque dans l'ouverture de la porte, où le rabat de toile était enroulé et retenu par une courte chaînette et un crochet, et Farouk se dit qu'il serait agréable, plus tard dans l'été, de laisser les rabats attachés la nuit pour que l'air frais les caresse et que le doux bruit de la mer les apaise, et il espéra que Martha, Amira et lui partageraient alors une tente à la lisière du camp, près de l'eau, pour pouvoir écouter tous les trois les vagues déferlantes et sentir la douce brise salée du soir et regarder le soleil se dérober sous la ligne d'horizon et voir la galaxie apparaître, cette longue éclaboussure de lait pâle d'un bout à l'autre du ciel.

Et, les jours passant, il se posait de plus en plus de questions sur le vieil homme. L'histoire selon laquelle il aurait vécu seul dans une maison en terre battue au cœur d'un village près de Madaya ressemblait à un mensonge, mais Farouk ne savait pas pourquoi il en était ainsi. C'était une histoire comme beaucoup d'autres, et c'est peut-être pour ça qu'elle n'avait pas l'accent de la vérité. Quelle pouvait être sa vérité ? Farouk se demandait pourquoi l'homme s'intéressait tant à lui. Pourquoi il travaillait dur pendant des heures à collecter des objets : coussins et draps, T-shirts et sous-vêtements. Pourquoi ses stocks s'accumulaient puis diminuaient – vendait-il ces objets ? était-il un voleur ? Les autres hommes n'étaient pas arabes : ils parlaient une langue que Farouk ne reconnaissait pas et le vieil homme ne leur adressait jamais la parole, mais il évoluait quand même avec aisance au milieu d'eux et leur offrait de temps en temps, sans mot dire, des petits cadeaux ; fuyant les regards, il présentait un vêtement ou une couverture, ou encore une poignée de cigarettes, et l'un ou l'autre des étrangers acceptait l'offrande d'un signe de tête ou d'un sourire. Le vieil homme semblait étonnamment diplomate, même dans son silence, presque déférent à leur égard mais sans jamais se rabaisser ; au contraire, il gardait le dos plus droit et le menton plus haut lorsqu'il communiquait de cette curieuse manière avec les autres. Il y avait cinq couchettes dans la tente. Et cinq hommes. Farouk inspirait et expirait, avalait les repas qu'on lui donnait et buvait l'eau qu'on lui apportait, et il se rendait aux latrines à côté de leur tente deux ou trois fois par jour. Il finit par découvrir que celle-ci faisait partie d'une vaste rangée qui s'étendait à perte de vue, ponctuée régulièrement de latrines préfabriquées et de douches, et au-dessus de ces rangées de toits de toile, s'il clignait des yeux pour regarder le ciel éclatant, il apercevait le sommet de dunes herbeuses et il pouvait entendre le bruit des vagues qui se brisaient sur la plage et il supposait que les femmes et les enfants étaient confinés là, dans un lieu plus agréable, où la vue sur la mer était plus facilement accessible et où les enfants pouvaient jouer sur la plage et grimper sur les rochers, et il était heureux que Martha et Amira puissent profiter de ce temps ensemble, cette période d'adaptation progressive, avant qu'ils se retrouvent et poursuivent leur voyage.

Ce temps de deuil doit prendre fin, mon frère, lui dit un jour le vieil homme. Et Farouk en conclut que le vieux avait perdu la tête. Son arythmie s'était peut-être aggravée, provoquant une coagulation qui avait possiblement conduit à une hémorragie – un léger AVC. Ce temps de deuil ne peut pas durer éternellement, insistait à présent le vieil homme. Cette manière de tourner le dos à la réalité. Farouk restait couché sur le côté et le vieux était assis au bord de son lit, il était aussi fin qu'une brindille, cet homme : il avait les os d'un oiseau et la peau tirée et parcheminée comme une chose ancienne, une chose morte depuis longtemps et momifiée, préservée. L'estomac de Farouk fit un bond à cette pensée, il eut soudain un goût de fiel dans la bouche, et le poids de la main du vieil homme sur son torse à travers sa couverture et sa chemise lui parut dangereux, infini, assez lourd pour bloquer ses poumons : il ne pouvait plus respirer ; il se noyait.

Enfin il retira sa main, et Farouk s'assit sur sa couchette en reprenant son souffle. Le vieil homme se leva rapidement et trébucha un peu avant de se redresser. Les trois étrangers se tenaient à l'autre bout de la tente et regardaient avec attention Farouk et le vieil homme et quelque chose d'autre encore, une chose que Farouk ne pouvait pas voir. Et le vieux, se retournant vivement, inclina la tête vers les trois étrangers et fit un geste brusque de la main, alors ils sortirent aussitôt de la tente et Farouk vit qu'ils étaient tous pieds nus sauf le plus grand d'entre eux. Celui-ci portait des sandales en cuir fermées sur le côté par une boucle lâche, et elles faisaient un bruit de succion et de claquement lorsqu'il marchait, car la plante de ses pieds s'enfonçait dans le cuir et comprimait l'air à chaque pas.

Le vieil homme dit encore : Cette folie doit cesser. Il était debout et se pencha, plié à partir de la taille, la main gauche sur la hanche et le bras droit tendu vers Farouk, et étrangement il semblait plus grand maintenant, massif et presque menaçant, surplombant Farouk qui imagina la main du vieux tenant des armes, faisant des choses effroyables ; il imagina que cette main elle-même était une arme, capable de déchirer la chair et de briser les os. Cette attitude consistant à se détourner des choses doit cesser, mon frère. Tu as l'obligation de vivre. Tu as l'obligation de poursuivre ton voyage, de voir de tes yeux la valeur du terrible prix que tu as payé.

Et Farouk ne trouvait pas de mots pour le vieil homme, cette pauvre créature qui avait perdu l'esprit – avait-il bu de l'eau salée ? Avait-il succombé à la folie à cause de cette attente interminable, de la terrible monotonie des jours dans cet enfermement ouvert, dans ces rangées exaspérantes de tentes de toile ? Et le vieux poursuivait : Ce n'est pas naturel de garder le deuil ainsi. Il y en a beaucoup ici qui ont perdu bien plus que toi – un homme installé à quelques tentes de la nôtre a perdu deux fils, deux beaux garçons, l'un dans les combats et l'autre pendant la traversée. Une épouse est vite trouvée, surtout pour les hommes comme toi, et des filles sont faciles à concevoir. Mais Farouk était déjà sur ses pieds et ses mains serraient la gorge du vieillard et les trois étrangers de retour dans la tente le tiraient vers eux et lui maintenaient les bras haut derrière le dos et le vieux s'éloignait de lui à reculons, poussant avec ses pieds comme un petit enfant. Il avait porté à sa gorge une de ses mains égratignées et ses yeux lui sortaient des orbites, sa bouche ouverte et ses traits déformés lui donnant l'air fou et démoniaque. Quelque chose s'écrasa alors sur la tempe de Farouk et le jour se mua soudainement en une nuit sans étoiles.

Il se réveilla dans un endroit différent, une pièce aux murs blancs éclairée par un tube fluorescent. Sa tête lui faisait mal et il avait la bouche sèche. Farouk se rendit compte que quelqu'un était à son chevet, une jeune femme assise sur une chaise, les mains entrelacées sur ses genoux, les genoux relevés au niveau du menton, qui portait une veste sans manches trop grande pour sa stature menue et du même orange criard que les gilets de sauvetage, avec en dessous un sweat-shirt bleu clair sur lequel était inscrit quelque chose qu'il ne pouvait pas lire. Elle avait sur le nez des lunettes à fine monture et ses yeux derrière les verres étaient bleus et indéchiffrables, comme animés d'une sorte de savoir silencieux, et elle souriait un peu, la tête inclinée vers lui comme si elle attendait quelque chose, une action ou une parole de sa part, bien qu'il ne puisse pas imaginer exactement laquelle.

Il remarqua, debout près de la porte, un homme jeune et trapu, au teint pâle marqué par des plaques rouges et dont la blouse médicale paraissait une à deux tailles trop petite. L'homme dit quelque chose en anglais à la femme assise, mais son accent était étrange et son débit trop rapide pour que Farouk comprenne tous les mots ; elle hocha la tête, toujours silencieuse et toujours souriante, juste un peu, et ses yeux exprimaient toujours la conscience intime, tenue en réserve, d'une chose accablante, et la crainte de cette chose, un poids terrible, un poids mort, et Farouk commença à lui dire qu'elle ferait mieux de s'en aller, qu'elle n'avait pas besoin de tirer comme ça sur la corde pour lui, de tirer jusqu'à se briser ; ce qu'elle savait, quoi que ce fût, elle n'avait pas à le partager, les nouvelles qu'elle pensait devoir lui annoncer, qu'il s'agisse de traumatismes crâniens ou de contusions, de commotions cérébrales, de retards, de complications voire de refus de la part des consulats, des États ou de leurs agents d'octroyer visas, compassion ou grâce, ou qu'il s'agisse de papiers d'identité, de sacs ou de bagages perdus, d'hôpitaux bombardés ou de collègues tués, ou encore d'escalade des hostilités, d'incendies, d'annihilations ou de massacres, à moins qu'elle ne veuille parler des dommages causés à la porte de la cabine lorsque lui et le passager récalcitrant l'avaient défoncée juste avant d'être fauchés par la tempête déchaînée, mais il entendit de nouveau le vieil homme lui dire : Ce temps de deuil doit prendre fin.

Et maintenant il hurlait. Qu'ils aillent au diable tous les deux. Qu'ils le laissent à sa couchette étroite et à son attente, qu'il puisse encore observer l'arc de plus en plus large du soleil et la rougeur croissante du ciel tandis que l'été étirait les jours et réduisait les nuits, qu'il attende que Martha et Amira préparent leur maison, qu'elles disposent leurs lits, leur table et leurs chaises, parce que le logement donné aux familles était sûrement plus salubre que le sien, ils auraient sûrement une table pour prendre leurs repas et plus seulement leurs genoux, et des chaises pour s'asseoir à la place des couchettes, et une porte ouvrant sur le pied des rangées de dunes qui seraient pour eux une forteresse contre la mer, contre le bout du monde, contre le vent qui pourrait fraîchir vers la fin de l'été, si d'ici là on ne leur avait pas permis de continuer vers l'ouest, de s'installer dans une ville ou un village, dans une petite maison près d'un hôpital, où il travaillerait, et Martha et Amira iraient chaque jour à l'école à pied, et Martha se lierait d'amitié avec les autres mères de famille et leur parlerait des choses qui occupent les femmes, et elle ferait semblant de s'intéresser à ces choses, et peut-être reprendrait-elle un jour son travail, son examen des plus petits aspects du vivant, des molécules et de leurs masses évanescentes qui tournoient. Et il criait à la jeune femme aux lunettes à fine monture, au front haut et aux longs cheveux blonds qu'elle s'en aille, qu'elle s'occupe de ses affaires, qu'elle le laisse en paix, il était fatigué et il avait besoin de dormir, et il était debout à présent et il posait les mains sur ses bras pour la faire lever de son siège, mais soudain ses mains ne lui répondaient plus, il était à terre les bras coincés d'une manière ou d'une autre dans son dos, et le jeune homme s'était rapproché de la femme et tous deux le regardaient, et la femme pressa sa paume contre sa bouche avant de joindre les mains à nouveau et de les baisser comme si elle suppliait, implorait, priait Dieu.

C'est alors que la tempête s'abattit sur lui. Le souvenir, aussi réel et aussi violent que la chose elle-même. Le jeune homme et la femme restèrent avec lui ; il sentait les mains de l'homme sur son dos et il pouvait voir à travers ses doigts les pieds de la femme, le logo sur ses baskets, les éclaboussures de boue sur les côtés, les lacets grisâtres.

Leur lente retraite depuis la cabine vide avec son gouvernail bloqué et son monstrueux boîtier verrouillé, la terrible tromperie du passeur. Son compagnon s'écriant : Quels imbéciles nous sommes, quels imbéciles nous sommes, les larmes laissant des traînées sur ses joues grasses, le claquement de la porte de la cabine lorsqu'ils se trouvèrent projetés de côté par une violente gîte, l'angle soudain aigu par rapport au ciel et lui qui rendit grâce à Dieu pour les quelques heures de jour qu'il leur restait, et qui laisseraient à un navire le temps d'arriver jusqu'à eux, un canot de sauvetage, un bateau de la marine avec un équipage chevronné qui les remorquerait pour les mettre en sécurité et les ramener sur la terre ferme. L'impossibilité de revenir jusqu'à la porte de la cale, de tirer sur la porte pour l'ouvrir, de rester debout plus d'un instant.

La gîte ultime et le dépassement d'un point critique, d'un axiome de la gravité, la capitulation du rafiot face à la mer. Le choc de l'eau glaciale, le silence. La bôme éclatée, qui flotte. Le grand bateau gris qui se profile, les hommes et les femmes en uniforme qui lui disent qu'ils sont désolés, vraiment désolés, ils sont arrivés trop tard : la mer a emporté trente âmes ou plus.

Il n'y avait aucune raison de les croire mortes. Il faisait semblant, pour satisfaire la femme aux lunettes et le jeune homme pâle aux joues rougeaudes. Ils semblaient y tenir, à ce qu'il fasse semblant. Y avait-il d'autres bateaux en patrouille ce jour-là ? D'autres équipages avaient-ils envoyé leurs hommes dans la tempête, voyant sur leur radar de nouvelles embarcations en détresse ? Bien sûr. Certains réfugiés avaient payé moins que lui pour quitter la côte – ils étaient partis dans des embarcations gonflables, des canots pneumatiques, à peine plus qu'un jouet, mais des navires militaires étrangers et des bateaux de sauvetage patrouillaient jour et nuit, tel un baume visant à apaiser la conscience des gouvernements.

Il se disait qu'il devrait aller jusqu'à la tente pour retrouver le vieil homme qui lui avait apporté des provisions, de l'eau et des vêtements, et s'excuser auprès de lui de l'avoir attaqué, d'avoir serré son vieux cou décharné, mais il entendait encore les paroles du vieillard – Une épouse est vite trouvée, et des filles sont faciles à concevoir –, et alors il se mettait à trembler, sa respiration s'accélérait, irrégulière comme celle d'un homme qui vient de courir sur cent mètres de toutes ses forces, et il devait s'asseoir sur sa couchette et faire le vide dans sa tête et se recueillir.

Pendant une semaine, la jeune femme revint chaque jour avec un cahier, elle le cajola et le pressa, et au bout de quelques jours l'exhorta à lui raconter son histoire. Il se mit à parler et elle nota soigneusement le nom complet de Martha et celui d'Amira, leurs dates de naissance et leur signalement ainsi que tous les événements survenus dans leur ville depuis le jour où ils avaient vu le garçon crucifié jusqu'à celui où ils étaient partis dans la jeep du passeur.

Quand les bateaux seront-ils remontés ? demanda-t-il à la jeune femme.

Elle ne dit rien pendant un moment, se contentant de le regarder, avant de lâcher : Un jour, peut-être. Tout ce qu'ils peuvent faire pour l'instant, c'est aller au secours des bateaux en détresse et repêcher les vivants pour les mettre à l'abri. Elle n'en dit pas plus et le silence entre eux s'alourdit, parce qu'il savait qu'elle avait davantage à dire et qu'il sentait le poids de cette chose qu'elle allait énoncer et qu'elle portait comme un fardeau. Votre femme et votre fille, a-t-elle commencé, puis elle s'est arrêtée à nouveau et a baissé les yeux avant de reprendre, avec plus de détermination cette fois : Martha et Amira ne sont pas dans ce camp, ni dans aucun autre. Vous ne les retrouverez pas. Acceptez-le, Farouk. Et il ne lui répondit rien, mais il lui demanda s'il pouvait retourner à sa tente, une nouvelle tente qu'on lui avait donnée avec une seule couchette et une petite table et un coussin en guise de chaise, et elle lui dit qu'il pouvait.

Il marcha jusqu'aux dunes de sable. Là où il avait pensé que les femmes et les enfants étaient probablement installés. Sur le chemin il dépassa des tentes où se trouvaient des enfants, et aussi des hommes et des femmes assis ou debout, qui lavaient des vêtements et s'occupaient des repas. Il s'égara plusieurs fois, lut les lettres et les chiffres sur les tentes et passa entre les parois de toile et trébucha si souvent sur les haubans que quiconque y aurait prêté attention l'aurait cru ivre, ou demeuré, et enfin il atteignit les dunes et il n'y avait là rien d'autre qu'une clôture, une mince barrière de fil de fer tendue entre des poteaux de bois qui s'inclinaient au point de presque tomber par endroits, et des trous avaient été pratiqués dans cette clôture sur toute sa longueur, et il y avait un petit éboulis rocheux de l'autre côté et jusqu'à la plage mais pas de tentes, naturellement il n'y en avait pas ; pas de quarantaine particulière, ni de quartier réservé aux mères et aux filles séparées de leur mari et de leur père, et la plage était déserte à l'exception d'un homme en pantalon de velours côtelé et chemise blanche, pieds nus, qui regardait Farouk en hochant la tête, et Farouk arrivé au bord de l'eau se tourna vers lui pour le regarder, et leva les yeux vers l'homme près de la clôture et hocha la tête, et l'homme sur la plage et l'homme près de la clôture tombèrent à genoux en criant, et ce cri se perdit dans le vent qui agitait les flots en soufflant depuis l'est.

Et un soir, tard, il marcha depuis le camp jusqu'au bord de l'eau et resta un moment debout sous la lune moqueuse en contemplant la mer, dont l'immobilité l'étonna, comme si elle retenait son souffle, comme si elle avait trop honte pour lui révéler quoi que ce soit, pour admettre cette violence latente qui existait en elle, les choses qu'elle cachait, et il se déshabilla et entra dans l'eau, et quand il fut à bonne distance du rivage, au-delà, lui semblait-il, des promontoires jumeaux qui flanquaient le camp, l'eau ne lui arrivait encore qu'à la poitrine, et il s'allongea à la surface et se mit à nager sur le ventre vers l'horizon nu, et quand il fut certain d'avoir depuis longtemps perdu pied il se tourna sur le dos et regarda, les yeux pleins de larmes, la longue déchirure de la galaxie, comme une blessure dans le ciel, et il expira en relâchant totalement ses membres et il attendit que l'eau l'entraîne vers les profondeurs, et pénètre en lui, rongeant sa chair et criblant de sel ses os coupables. Mais l'eau ne voulut pas de lui. Il avait beau essayer et essayer encore de se noyer, chaque fois qu'il commençait à sombrer, il remontait ; il ouvrait la bouche pour remplir ses poumons d'eau mais il ne pouvait pas l'inhaler : son corps la refusait. Il restait parfaitement inerte mais l'eau le faisait flotter en le maintenant à la surface, et lorsque ses forces disparurent et qu'il ne fut plus capable d'y résister, le courant le porta doucement jusqu'à la rive.

Un jour un cyclone fondit sur une femme et la porta sur plusieurs kilomètres avant de la déposer, indemne, à la porte de son ex-mari. Ce miracle leur permit de se rappeler combien ils s'aimaient, de se remarier, d'avoir d'autres enfants et de vivre heureux jusqu'à leur mort. Un happy end offert par le vent. La mer pouvait bien faire de même, sûrement. Transporter une femme et sa fille en suivant un courant tiède et doux sur un millier de kilomètres, en longeant la côte d'un continent jusqu'à l'embouchure d'une rivière, d'un fleuve, d'un lac chauffé par le soleil, et les laisser se reposer sur une plage de galets où Farouk les retrouverait pour les ramener à la maison. Il raconta cette histoire à des délégations venues d'Angleterre, d'Italie, d'Autriche et de France. Des groupes officiels qu'on avait chargés de sélectionner des candidats pour leurs programmes, leurs projets, leurs exercices de miséricorde. Il leur parlait aussi du roi et de la belle jeune fille qu'il avait emprisonnée et du massacre des oiseaux chanteurs, et alors ils s'asseyaient et le fixaient, et échangeaient des regards entre eux, et lui demandaient d'interrompre son récit et de leur donner le numéro de sa tente, et ils récupéraient une copie des données d'identification établies par le camp et prenaient soin d'y d'agrafer sa demande d'asile avec un sérieux excessif, et ils le remerciaient d'avoir accepté de s'entretenir avec eux. Certains se mettaient en colère et lui demandaient pourquoi il leur faisait perdre leur temps. Puis finalement il se retrouva à bord d'un avion, assis près du hublot, regardant en contrebas le talon de la botte italienne, et il y avait une famille derrière lui, répartie sur deux rangées de sièges, des gens d'Alep, une mère et un père avec deux filles et un fils, qui étaient partis à pied pour la Turquie et avaient navigué jusqu'à Ios sur un radeau, et derrière eux une autre famille venue d'Urum al-Kubrah qui bavardait et qui riait, et ils avaient tous regardé Farouk avec tristesse lorsqu'ils s'étaient réunis au bureau de la délégation avant leur voyage, et les hommes avaient sympathisé avec lui, et l'un d'entre eux avait décrit comment il avait perdu son frère et ses parents dans les combats, et Farouk avait écouté et exprimé en retour sa sympathie pour cet homme mais il gardait son secret pour lui, cette certitude sacrée que Martha et Amira étaient vivantes, et qu'elles voyageaient portées par d'autres courants.

LAMPY

Par la fenêtre de sa chambre, il voit les arbres et les genêts blanchir peu à peu sur la colline au-delà du lotissement, mais l'herbe, elle, reste bien verte. Cette neige poivre et sel ne va jamais tenir. Lampy se rappelle comment, petit, il sentait son cœur se briser lorsqu'il regardait les flocons mourir et disparaître, agenouillé sur le rebord de la baie vitrée comme un enfant en prière. Et souvent il était de fait en prière, ou du moins essayait-il de marchander avec Dieu : un mois de bonbons contre un centimètre de neige. Ou contre une vague de froid susceptible de faire geler les canalisations et fermer l'école. Ou les deux. Pour les deux, il promettait un mois ou plus de jeûne et d'obéissance, un second Carême pour un seul jour de blancheur. Mais lorsqu'il était question de neige, Dieu était rarement dans son camp.

La première blague grivoise que son grand-père lui avait racontée était plus ou moins en lien avec la neige. Il avait dix ou onze ans à l'époque, et ils étaient en train de jouer au hurling tous les deux sur la pelouse au cœur du domaine, se contentant de lancers courts et au ras du sol de peur que la balle, en filant dans le jardin du voisin, les oblige à passer le portail et à entamer la conversation. La seule chose qui intéresse les gens, c'est qu'on leur raconte des histoires, répétait Grand-Père. Ils adorent fourrer leur nez partout pour avoir des nouvelles fraîches. Grand-Père avait rattrapé la petite balle en cuir d'un coup sec et l'avait laissée tomber en calant sa crosse contre sa jambe, puis il avait regardé le ciel en faisant la moue, le nez en l'air, et il avait léché l'index de sa main libre avant de le lever dans la brise et de s'écrier : Je parie… si on tire un bon coup tous ensemble… qu'on aura un Noël blanc ! Et il s'était esclaffé, le souffle court dans l'air du soir, sa blague et son rire enroué flottant autour de lui comme un nuage jaunâtre avant de s'effilocher dans le vent. Et ç'avait été un moment de fierté pour Lampy, qu'on lui raconte une blague salace comme ça sans crier gare, en s'attendant à ce qu'il la comprenne et la trouve drôle.

Lampy entendait à présent son grand-père au rez-de-chaussée qui se raclait la gorge et crachait sur la cuisinière. Il pouvait même distinguer le grésillement des crachats. À ce bruit, son estomac se contracta un peu. Sa mère ne travaillait pas le vendredi et il savait qu'elle tendrait l'oreille vers sa chambre, jetant de temps à autre un coup d'œil sur la route sans espérer voir personne en particulier, attendant qu'il descende prendre le petit-déjeuner qu'elle avait préparé pour lui et laissé dans le four à feu doux malgré les protestations de Pop qui voulait qu'on l'envoie paître s'il ne descendait pas prendre ses repas comme un chrétien normal quand on lui disait que c'était prêt. Vingt-trois ans, nom de Dieu, et toujours traité comme un bébé. Sa mère tordrait un torchon entre ses mains, dans un sens et puis dans l'autre comme si elle essayait d'arracher à ce bout de tissu un peu de paix, une forme de répit. Il l'entendait aller et venir dans la cuisine et la salle à manger, toujours occupée, toujours en mouvement, se parlant à elle-même d'une manière qui aurait pu paraître étrange à quiconque n'avait pas l'habitude de la côtoyer ; elle riait ici et là en se rappelant quelque chose, une bonne histoire qu'on lui avait racontée et qu'elle avait gardée pour elle, pour les moments où elle serait seule. Il lui semblait parfois que sa mère vivait dans un monde peuplé d'anges et de fantômes ; ils papillonnaient et voletaient autour d'elle sans arrêt. Elle lisait tout ce qu'elle pouvait sur les anges, la pleine conscience, l'attention portée à l'instant présent ou encore l'au-delà, et elle voyait des signes partout : dans le nombre de pies, les yeux des rouges-gorges, les bréchets de volailles et l'apparition soudaine de plumes, blanches et minuscules ; toutes ces choses étaient pour elle des messages envoyés par des anges, ou bien par sa mère, qui était morte quelques années avant la naissance de Lampy, et il lui fallait méditer pour tenter de les déchiffrer. Parfois elle s'adressait directement à eux et s'immobilisait pour recevoir leurs réponses, la tête penchée sur le côté, les yeux remplis de lumière, et au bout de quelques instants elle hochait le menton en guise de remerciement et retournait à ses affaires en souriant.

De temps à autre sa mère lui posait des questions, mais elle ne semblait jamais l'entendre lorsqu'il y répondait. Comme si elle connaissait déjà toutes les vérités de son fils. Elle ne perdait jamais patience avec lui, et il lui arrivait encore de lui poser une main sur le visage, sans raison particulière, alors qu'il était assis à table, et elle le regardait alors avec au fond des yeux quelque chose d'indéchiffrable, quelque chose de lointain, et elle passait les doigts dans ses cheveux et il se sentait gêné, mal à l'aise, mais il n'aurait pas aimé non plus qu'elle arrête. Le matin où avaient été communiqués les résultats du diplôme de fin d'études secondaires, elle s'était tenue près de lui et les avait lus sur la feuille qu'il gardait à la main. Il était allé au lycée de bonne heure, pour en finir le plus vite possible. Ainsi, il évitait ses camarades et n'avait à montrer ses notes à personne. À neuf heures il n'y avait que les nazes. Sa mère lui avait fait un petit signe de tête, lui avait souri et lui avait embrassé la joue. Tu t'es très bien débrouillé, ça oui. Et elle avait traversé la cuisine pour empiler la vaisselle sale en murmurant dans le vide : Il l'a fait, il l'a fait. Anglais mention bien. Et mention passable pour toutes les autres matières. Insuffisant pour n'importe lequel de ses choix. Et alors ? Il est encore si jeune.

Il connaissait les rythmes de la maison et ceux des

deux personnes à l'étage en dessous de lui, leurs cadences syncopées, flux et reflux sans régularité mais doués d'une étrange et réconfortante prévisibilité, qui variait selon la forme de son grand-père, ses maux et ses humeurs, ses petites défaites et ses menus triomphes, les mouvements de sa mère oscillant irrémédiablement entre présent et passé. Les vendredis matin étaient toujours pareils. Pop les régalait des histoires entendues la veille au pub. Il l'entendait d'ailleurs raconter l'une de ces histoires à cet instant précis.

Alors j'lui dis : Tu sais quoi, t'es le portrait craché de cet acteur, comment il s'appelle déjà, oui, c'est ça… George Clooney. Et il a failli se chier dessus tellement il était heureux. Et une fois que tout le monde a eu fini de le féliciter pour le compliment qu'il avait reçu, de l'admirer et d'abonder dans mon sens, et que le silence est revenu, j'ai dit, j'ai dit : Oh, attends, non, c'est d'l'autre gars que j'parlais, ça sonne presque pareil, c'est quoi son nom déjà, ah, ouais… Et j'ai attendu une minute que tous les connards du bar tendent bien l'oreille et j'ai dit, j'ai dit… Mickey Rooney ! Et je jure qu'il s'est presque fait éclater les tripes en essayant d'étouffer son envie de me tuer. Moi j'ai levé mon verre pour porter un toast à sa santé et tout. Tu aurais dû voir la tronche qu'il tirait. Ça lui apprendra, à ce con, avec son nouveau manteau.

Et Lampy sourit en entendant sa mère dire : *Oh, papa*, faussement offensée par sa vulgarité, et son grand-père qui riait puis haletait et toussait encore, et il entendit la porte de la cuisinière s'ouvrir, et après un bruit de crachat et celui d'un grésillement, et la porte de la cuisinière se referma et sa mère dit que c'était sale de cracher, et il savait que son grand-père n'avait fait que s'entraîner à raconter cette histoire, que lui, Lampy, était le public visé, et savoir ça lui faisait éprouver une impression difficile à définir, un étrange frisson de fierté. Son grand-père était redoutable ; quand il était en forme, sa langue avait le tranchant d'un rasoir.

Au fait, il est où Lampy ? En train de s'admirer là-haut dans la glace ? Il va l'user à force de se r'garder d'dans. Enfin, pour une fois qu'il est pas en train d'se palucher… PAPA ! Sa mère semblait fâchée maintenant, mais Pop était lancé, on ne pouvait plus l'arrêter. Et y avait un autre gars qui racontait à tout le monde qu'il allait à une fête costumée à l'hôtel de ville pour soutenir des gens qui aident les réfugiés ou les pandas ou un truc comme ça, et y se demandait en quoi il devait se déguiser, alors moi j'lui ai dit : Tu sais c'que tu dois faire ? Le gars sentait bien le truc venir, alors il a fait çui qui m'entendait pas, et moi j'ai répété encore plus fort : Hé ho, tu sais c'que tu dois faire ? Et j'voyais bien que tout le bar attendait la chute, et Podge a même arrêté de tirer une pinte à mi-chemin et il rigolait déjà tout seul, il me connaît, et y avait quelques durs à cuire de l'Island Field qui attendaient aussi, alors j'lui ai dit : Tu sais c'que tu devrais faire ? Et ça l'a tué de me répondre mais il fallait bien, il avait pas le choix, il a dit : Quoi ? Il avait une gueule de tueur, et moi j'lui ai dit, bien tranquille, sérieux, en articulant soigneusement : Tu devrais t'habiller comme tous les jours et y aller déguisé en crevard ! Et tout le monde était explosé de rire, ça a foutu un sacré bordel, et lui il était prêt à me fendre en deux.

Lampy a de nouveau examiné la neige en espérant qu'elle n'allait pas coller, que le sol serait juste mouillé et non gelé, parce qu'il conduisait le nouveau minibus et n'avait pas trop confiance ; il était plus spacieux que l'ancien, et il valait aussi beaucoup plus cher, et à la maison de retraite les Grogan en faisaient tout un foin, de cet engin et de l'argent qu'il leur avait coûté, même s'il avait déjà trois ans et qu'il était importé, et ils ne décoléraient pas contre ces enfoirés d'inspecteurs qui avaient déclaré l'ancien minibus inadapté pour le transport des vieux. Il enfila deux paires de chaussettes et ses nouvelles Dr. Martens à huit trous qui, selon son cousin Shane, n'étaient plus à la mode depuis vingt ans, mais il s'en fichait parce qu'elles lui donnaient un centimètre de plus, et il boucla son jean avant d'aller se planter devant le miroir en gonflant ses biceps et en essayant de se coiffer correctement. Il se demanda si son T-shirt était trop serré et décida que non, puis il se demanda jusqu'où Eleanor le laisserait aller ce soir-là et s'il ne devrait pas l'emmener ailleurs que sur le parking de Supervalu. Il espérait que la Civic n'allait pas encore lui claquer dans les mains, parce qu'alors Eleanor voudrait sûrement rompre, et il espérait que sa mère n'essaierait pas de lui faire manger des toasts parce qu'il devrait encore lui dire qu'il évitait les glucides, et alors Pop en profiterait pour se moquer de lui, il ferait tout un cirque autour du fait que Lampy refusait d'avaler une tartine, et il le traiterait de mauviette et de petit garçon à sa maman et de toutes sortes de noms d'oiseaux.

Il se sentait bien, et il descendit avec le sourire, impatient d'entendre les histoires de son grand-père, qui seraient embellies à chaque répétition, exploitées jusqu'à l'usure. Il sentait qu'il réussirait à surmonter cette journée sans se retrouver le souffle coupé, frappé au ventre par un souvenir malvenu, une pensée, une inquiétude ou un regret. Il pourrait se rendre à la maison de retraite, faire son travail, récupérer sa paye hebdomadaire auprès de James Grogan et rouler ensuite jusqu'à la ville, aller chercher la jeune fille et discuter une minute ou deux avec son vieux père des résultats de la journée et de la façon dont Liverpool avait encore merdé cette saison, et il saurait parler à Eleanor sans se tromper de prénom et sans l'énerver, ils feraient ensemble des projets de vacances pour l'été et il serait normal, un garçon comme les autres qui faisait des choses normales, se tenait droit, gardait son calme.

Il savait que Pop l'avait entendu dans les escaliers. Le voilà, lâcha le vieux en s'éclaircissant la gorge – pour se préparer, pensa Lampy, à répéter les blagues dont sa fille avait eu la primeur. Lampy joua un instant avec l'idée d'anéantir les effets de son grand-père en disant : Je t'ai déjà entendu, Pop, George Clooney, Mickey Rooney, le déguisement, blablabla. Mais il en était incapable, il ne pouvait pas lui couper la chique comme ça. Ou peut-être qu'il le pouvait. Ça dépendait de la façon dont son grand-père allait l'accueillir. S'il le traitait de chochotte ou l'accusait de s'astiquer le poireau toute la matinée dans la salle de bain, il n'écouterait pas ses histoires. Il fourrerait ses saucisses et son bacon dans une tranche de pain complet – et merde aux glucides –, il arroserait le tout de ketchup, et il s'en irait. Pop pouvait toujours raconter ses histoires au chien.

L'autre soir, sa mère avait allumé une bougie de Noël. Pop s'était plaint que cela arrivait de plus en plus tôt chaque année et que bon sang on n'était même pas encore fin novembre, et elle lui avait dit de s'occuper de ses affaires. C'était une grande et large bougie, et sa mère avait retiré les stores et les rideaux de la baie vitrée pour pouvoir la placer au centre de l'appui. Pour bénir les trajets de Lampy, pour l'éclairer sur le chemin du retour. Elle avait horreur qu'il conduise, il le savait. Elle pleurait chaque fois qu'on parlait d'accidents mortels aux informations ; elle se signait et murmurait des prières pour demander à Dieu d'accorder Sa miséricorde à leurs âmes, à leurs pauvres familles, leurs pauvres familles. Seigneur, tu imagines ? Ne pourrais-tu pas laisser la voiture ? lui demandait-elle chaque fois qu'il cherchait ses clés. Elle ne l'aidait jamais à les trouver. Pourquoi ne laisserais-tu pas Pop te déposer là où tu dois aller ? Lampy sentait son agacement monter mais ne répondait rien, jurant entre ses dents tout en cherchant sous les journaux, derrière les coussins, sur le manteau de la cheminée, les tablettes et les étagères. Et Pop disait : Mais tu vas laisser ce garçon tranquille ! Il sait qu'il faut faire attention, il n'est pas idiot. Il ne fera pas l'imbécile sur la route. Et il voyait Pop le regarder, avec une drôle d'expression sur le visage, de l'inquiétude et aussi autre chose, une sorte de résignation, et il se demandait si Pop savait d'une manière ou d'une autre qu'il lui était déjà arrivé de rouler à toute allure sur la route étroite de Lackanavea, les yeux pleins de larmes, sans sa ceinture de sécurité, voyant approcher trop vite les deux piles du pont de chemin de fer et se disant : Un petit coup de poignet, un seul. Ça lui apprendrait, à elle.

La toute première conversation qu'il avait eue avec Chloe tournait autour des trois petits cochons. Dans le bus de nuit qui les ramenait de la ville. Il l'avait aperçue au Chicken Hut, elle lui avait souri et il lui avait répondu d'un signe de tête en essayant d'avoir l'air cool, alors elle avait ri puis elle avait regardé ailleurs. Une fois dans le bus, elle avait demandé à son ami Dave s'il voulait bien changer de place avec elle et Dave avait dit : Pas de problème, mais je viens juste de péter, et Lampy avait eu envie de le tuer, mais Chloe s'était contentée de sourire et elle avait pris le siège de Dave. Elle n'avait rien dit jusqu'au départ du bus et lui non plus, puis elle s'était finalement tournée vers lui pour demander : Tu connais l'histoire des trois petits cochons que leur mère a laissés se débrouiller tout seuls parce qu'elle en avait marre de leurs conneries ? Et lui ne pouvait que hocher la tête, et regarder la fossette qui lui plissait la peau au milieu de la joue mais seulement d'un côté, et l'étincelle de ses yeux bleu-vert, et la façon dont ses sourcils s'arquaient lorsqu'elle parlait, la façon dont elle chuchotait, son sourire, son sourire espiègle, la rougeur de ses lèvres, leur forme parfaite, la manière qu'elle avait de se pencher près de lui comme si elle lui racontait un secret terrible, quelque chose d'obscène et de délicieux. Tu sais qu'il existe deux versions ? Dans l'une, le grand méchant loup fait sauter les maisons des deux idiots parce qu'elles sont faites de brindilles et de paille, mais ils réussissent à s'échapper et courent vers la maison du cochon intelligent, celle qui est en briques, et le grand méchant loup se casse les dents en essayant de faire sauter la maison en briques, et à la fin les petits malins le poussent dans la cheminée et le font bouillir vivant. Dans l'autre version, le loup fait sauter la maison des crétins et les dévore. Je préfère de loin cette version. Et pas celle où le cochon malin, avant de faire bouillir le loup vivant, parvient à sauver les deux idiots qui étaient dans son ventre. C'est n'importe quoi. Il faut qu'ils meurent, putain. Ils le méritent. Pas vrai ? Et Lampy avait hoché la tête, même s'il n'avait aucune idée de ce qu'elle racontait, elle était clairement bourrée, mais il ressentait une douleur au bas-ventre et au cœur, et il sut alors qu'il était amoureux.

Il avait acheté la Honda uniquement pour lui faire plaisir – elle adorait les virées en voiture. Elle s'allongeait sur le siège passager et mettait la radio à fond, puis elle fermait les yeux et lui disait de rouler, et il devait se forcer à garder les yeux sur la route et pas sur ses jambes, à l'endroit où sa jupe remontait le long de sa cuisse, et il arrivait que la tête lui tourne un peu. Une fois, elle lui demanda de prendre la direction de Ballina ; elle avait entendu dire qu'il y avait un endroit, tout en haut d'une montagne, d'où l'on pouvait voir cinq comtés par temps clair, et sur la route on passait devant des dolmens qui servaient de tombes à des vieux crevards d'une autre époque. Quand ils étaient arrivés, elle avait pris un préservatif dans son sac à main et lui avait dit de le mettre, sans le quitter des yeux, et elle avait retiré ses sous-vêtements et s'était allongée en disant : Viens, Lampy. Tout avait été fini en une poignée de secondes et elle s'était moquée de lui et ils l'avaient refait quelques minutes plus tard et elle avait dit que c'était beaucoup mieux, et c'est vrai que ça l'était, et il avait pensé en redescendant la route qui serpentait à flanc de montagne que rien n'avait plus d'importance maintenant à part ça, que c'était ce qu'il avait attendu toute sa vie.

Il se tenait à présent dans l'escalier, immobilisé à mi-chemin de la descente, serrant la rampe si fort que les jointures de sa main gauche étaient toutes blanches. La pensée de Chloe l'arrêtait toujours, le paralysait. Ses mains fines et ses yeux bleu-vert, son rire doux et ce léger haussement d'épaules qui le stoppait net dans ses élans, la douleur dans laquelle elle le laissait, la douleur dans laquelle elle l'avait laissé, terminale lui semblait-il. Il en mourrait sûrement. Eleanor était petite et brune, elle souriait beaucoup, elle avait de beaux yeux immenses et des nichons d'enfer, il fallait le dire, et il y avait aussi quelque chose de très sexy dans l'uniforme qu'elle portait pour travailler chez Brown Thomas, mais il savait qu'au fond d'elle-même elle avait conscience de n'être qu'un plan cul bien commode, un simple bouche-trou pour aider Lampy à rebondir, parce qu'il était toujours amoureux d'une autre, et malgré tout ça elle restait avec lui dans l'espoir que ça change.

Chloe était différente : anguleuse, ferme ; le simple souvenir de la cambrure de son dos et de la pression de ses côtes contre sa peau le brûlait. Même ses lèvres semblaient dures contre les siennes, pressantes, comme si c'était elle qui l'embrassait, comme s'il n'avait pas le choix. Par contraste Eleanor était douce, chaleureuse, désireuse de lui faire plaisir ; ses lèvres étaient pleines et avaient un goût sucré. Chloe finirait dans une grande et belle demeure, il le savait, protégée par un mur haut et un portail automatique. Eleanor, elle, finirait n'importe où ; elle serait heureuse, elle aurait beaucoup d'enfants et serait très tendre avec eux. Elle serait indulgente. Il se demandait s'il ne devrait pas l'épouser pour en finir avec tout ça. Il pourrait l'aimer s'il essayait vraiment.

Il pensait qu'elle attendait de voir comment se passerait Noël, s'il allait arrêter de l'appeler par un prénom qui n'était pas le sien, et lui offrir un cadeau décent. Eleanor vivait en ville ; il ne la voyait que deux ou trois fois par semaine. Elle ne savait pas tout, ne comprenait pas qu'il cherchait à trouver en elle des réminiscences de Chloe, attendant un sourire de pitié et un petit signe de la main, une légère poussée d'encouragement sur son torse quand il essayait de lui parler au fast-food mais que toutes ses phrases tournaient court.

Il pensait à leur endroit secret, au sommet de la montagne, au-delà des tombes des guerriers du Leinster, là où ils s'étaient posés après l'avoir fait pour la dernière fois, et il lui avait tenu la main en la caressant avec son pouce, s'émerveillant de sentir sous la peau ses os fins, ne sachant pas ce qui l'attendait, ce qui allait lui arriver. Il les sentait si fragiles, si parfaits sous ses doigts. Il aurait aimé les voir une seconde, la voir de l'intérieur, l'habiter, la posséder complètement. Il l'aimait tellement, c'était tout, il l'aimait. Elle lui avait demandé s'ils pouvaient aller jusqu'au McDonald's de Limerick. Il ne comprenait toujours pas pourquoi elle avait fait ça, pourquoi elle avait choisi le parking du McDo pour lui arracher le cœur. Avait-elle prévu de manger quelque chose avant ? Le McDo, c'était foutu pour lui à présent. Ça ne va pas pouvoir continuer entre nous maintenant que je pars étudier à la fac à Dublin, avait-elle dit. Ce ne serait pas juste pour toi. Mais on reste amis, pour toujours.

Et il n'avait rien répondu pendant un long moment parce qu'il n'était pas sûr de sa voix. Il avait une boule dans la gorge, une vraie boule qui lui bloquait la trachée, semblait-il, parce qu'il avait du mal à respirer normalement ; son cœur battait trop fort dans sa poitrine et toute couleur avait disparu de la vitrine du McDonald's, le M jaune était gris, les lumières blanches et toutes les voitures du parking avaient viré au noir, alors il avait fermé les yeux très fort, et quand il les avait rouverts le monde avait retrouvé ses couleurs et il s'était ressaisi et il avait proposé : Je vais m'installer à Dublin. J'ai rien à foutre ici de toute façon. Je pourrais me trouver un boulot. Et puis il vaut mieux que j'y aille avec toi, vu toutes les racailles qu'il y a là-bas. Il faut pas que tu t'y balades toute seule. Et elle avait souri en se mordant la lèvre inférieure et avait mis une main sur la sienne en disant : Oh, Lampy, tu es tellement adorable. Mais je suis tout à fait capable de me débrouiller sans personne. Je suis désolée, Lampy. Tu peux me ramener à la maison maintenant ? Et il lui avait demandé pourquoi ils étaient allés jusqu'au McDonald's de Limerick si elle voulait juste rentrer chez elle, et elle avait expliqué qu'en fait elle n'avait plus vraiment faim, qu'elle ne pensait pas qu'elle serait aussi triste, et cela lui faisait encore plus de mal, à lui, qu'elle soit étonnée par sa propre tristesse. Il s'était penché pour l'embrasser et elle s'était détournée de sorte que son baiser avait atterri sur sa joue, alors il avait senti la colère monter d'un seul coup et, posant une main sur son sein, il avait serré son téton assez fort pour la faire crier. Elle lui avait donné un coup de poing au bas du menton en hurlant : PUTAIN, mais PUTAIN qu'est-ce qui te prend, Lampy ? Et elle se tordait la main de douleur, et il lui avait dit de se tirer de sa voiture, qu'elle n'était qu'une salope, et elle assise bien droite sur son siège, pleurant en silence, répétait tout bas, dans un murmure : Ramène-moi à la maison, Lampy, ramène-moi juste chez moi, putain.

Il ne l'avait revue qu'une fois depuis, en sortant de boîte de nuit, quatre ou cinq mois plus tôt. Elle refusait de lui parler. Ses frères se tenaient entre elle et lui devant le comptoir du fast-food, le bloquant, répétant : Allez, Lampy, fais pas le con, nous on veut pas d'embrouilles avec toi. Il avait voulu cogner l'aîné mais l'avait manqué en glissant sur un sachet de ketchup que quelqu'un avait ouvert et laissé tomber, et il s'était relevé d'un bond pendant que tout le monde se moquait de lui, et Chloe regardait droit devant elle avec une main sur le visage et son amie l'entourait d'un bras, comme pour la protéger, et il avait supplié : Chloe, s'il te plaît, accorde-moi rien qu'une minute, mais ses frères le maintenaient à dix centimètres au-dessus du sol en répétant : Putain, Lampy, laisse tomber, mec, laisse tomber, et le petit gars brun du fast-food, sorti de derrière le comptoir, criait d'une voix aiguë quelque chose que Lampy ne comprenait pas, alors il avait encore essayé de cogner et encore raté, et le gars lui avait fait une prise pour le maîtriser avant de le pousser vers la porte et dans la rue et il s'était vu tomber, tomber.

L'un des fils Curran était dans sa promotion à Trinity College. Il ne savait pas lequel : ils se ressemblaient comme deux gouttes d'eau et c'étaient tous les deux des connards. Il lui avait dit qu'elle sortait avec un mec de

Dublin. Grand, qui jouait au rugby. Et dont le père était avocat. C'était tout ce qu'il savait.

Il se remémora le jour où Pop avait appelé la mère de Chloe. Qu'est-ce qui lui avait pris ? Oh, Pop. Pourquoi tu as fait ça, bordel ? Pop debout dans le couloir à côté de la table du téléphone, les jambes arquées, comme toujours, les pieds écartés à la manière d'un type bourré qui est prêt à en découdre, le visage rouge et les cheveux blancs dressés sur le crâne sous l'effet de l'indignation. Il avait fallu un certain temps à Lampy pour enregistrer ce qui se passait. Il venait de pleurer un bon moment dans sa chambre comme un gosse. La voix de son grand-père, forte et éraillée, qui disait : Vous l'avez jamais pris au sérieux de toute façon, espèces de jobards, vous vous prenez pour des gros bonnets, pas vrai, vous vous croyez trop bien pour des gens comme nous, vous pensez que c'te petite traînée est trop bien pour mon gamin, mais c'est tout c'qu'elle est, une petite traînée de rien du tout, et même pas éduquée, eh ben y vaut mieux qu'elle reste à distance de mon gamin, c'est tout c'que j'ai à vous dire. Et la voix de la mère de Chloe, douce et placide, il n'arrivait pas à entendre les mots mais elle disait quelque chose comme : Je sais que vous êtes bouleversé, monsieur Shanley, et que vous ne pensez pas ce que vous dites, nous devons les laisser vivre leur vie, ils auront le cœur brisé plusieurs fois l'un comme l'autre avant leurs mariages respectifs, n'est-ce pas ? Et elle riait doucement, et Pop soufflait furieusement par le nez, et il ouvrait de nouveau la bouche pour parler mais Lampy dévalait déjà l'escalier quatre à quatre, et plongeait pour lui arracher le combiné des mains, et appuyait sur toutes les touches et faisait presque tomber Pop par terre, et il le repoussait en criant : QU'EST-CE QUE TU FOUS POP, MAIS QU'EST-CE QUE TU FOUS ? Et Pop avait reculé, soudain muet et embarrassé, et Lampy avait failli le frapper mais il s'était rattrapé à temps, et alors il avait dit : Je ne suis pas ton gamin, Pop. Je ne suis pas ton fils. Et il avait laissé ces mots entre eux et il était sorti, et son grand-père n'avait pas cherché à le rattraper.

Il était au plus mal, ces jours-ci. Il ne savait pas pourquoi. Il était incapable d'avoir l'esprit en paix. C'était pour ça qu'il continuait à voir Eleanor ; elle parlait sans cesse d'émissions de télé, *X Factor* ou *Je suis une célébrité*, et de toutes sortes d'autres conneries du genre, et elle était jolie et aussi plutôt accommodante, mais il fallait l'amadouer un peu et c'était bon, ça l'apaisait, ses fausses rebuffades lorsqu'il tentait doucement une avance, son éternel bavardage et son accent citadin, ses gentilles taquineries, sa langue experte. Dans sa tête il rejouait des incidents, encore et encore, des occasions où il aurait dû se maîtriser face à Pop, face à sa mère ou à Chloe. Il était incapable de contenir son caractère emporté. Il se demandait si son père était aussi difficile à vivre que lui. Il repensait souvent à la dernière fois où il avait joué au hurling, ce fameux jour où il avait tellement foiré en défense qu'ils avaient failli perdre la demi-finale des juniors à cause de lui, et lorsqu'il était sorti du terrain Tony Delahunty lui avait demandé s'il était con ou quoi, et alors un truc avait vrillé dans sa tête et il avait répondu : Me traite pas de con, Tony, me traite plus jamais de con, et Tony Delahunty s'était esclaffé en disant : Ou bien quoi ? Lampy n'avait rien ajouté, mais il avait redressé les épaules et Tony Delahunty lui avait demandé de s'asseoir, et Lampy, en rejoignant le banc depuis la ligne de touche, l'avait bousculé d'un coup d'épaule en le traitant de connard, assez fort pour que tout le monde entende, et Cian Delahunty s'était levé du banc des remplaçants pour lancer : Fais pas le con, Lamp, t'avise plus jamais de bousculer mon vieux comme ça, et j'ai entendu comment tu l'as appelé, et Lampy avait dit : Toi aussi t'es un connard, tel père tel fils, et Cian Delahunty avait rétorqué : C'est vrai que t'en connais un rayon sur les pères, hein, moi au moins je sais qui c'est, mon géniteur, et Lampy lui avait fendu l'arcade sourcilière d'un coup de boule avant que les autres remplaçants ne viennent les séparer. L'arbitre s'était approché pour voir ce qui se passait, menaçant d'annuler le match et de faire jouer les Cormac à leur place, et Pop était sorti de la tribune et avait dit : Allez, fiston, viens, fais pas attention à cette bande de blaireaux, ils seraient pas foutus de trouver la balle dans un sac en papier, et aucun mot n'avait été échangé sur le chemin du retour, mais il se demandait ce que Pop avait entendu, ce qu'il savait, s'il savait quelque chose.

Il lui avait posé la question une fois. Sans détour. Il devait avoir dix ou onze ans. Où est mon père, Pop ? Et Pop avait continué à marquer ses lignes de coupe sur l'établi de l'atelier, ses lèvres bougeaient mais il comptait en silence, et au bout d'un petit moment il avait dit : Qu'est-ce que tu veux, mon petit ?, mais Lampy savait très bien qu'il l'avait entendu. Où est mon père ? Et Pop continua à noter ses repères avec son crayon épais et sa règle de trente centimètres tout en répétant la question de Lampy à voix basse, comme s'il essayait de se souvenir ou de comprendre le sens des mots, et il avait répondu sans le regarder. Loin d'ici, quelque part en Angleterre, pour autant que je sache. Comment il s'appelle ? Je sais pas. Comment ça, tu sais pas ? Parce qu'on me l'a jamais dit. Et j'ai pas demandé non plus. Si une personne veut que tu saches quelque chose, elle te le dira. Est-ce que tu sais quelque chose sur lui ? J'ai jamais rien su du tout à son sujet, sauf que ta mère est tombée amoureuse de lui quand elle était jeune, qu'ils ont eu une aventure, et qu'il a foutu le camp lorsqu'il a découvert qu'elle t'attendait. Comme beaucoup d'hommes avant lui. Il voulait pas de ces soucis-là, je suppose. Y a des hommes qui n'ont tout simplement pas la fibre paternelle, fiston. C'était pas contre toi, en tout cas. J'ai jamais posé les yeux sur cet homme, et on m'a jamais dit son nom. Je crois qu'il venait de la ville. C'est tout ce qu'on a bien voulu me raconter à ce sujet et maintenant tu en sais autant que moi. Et Lampy avait compris que même si Pop en savait plus, il ne lui concéderait rien d'autre.

Petit, il ignorait qu'il y avait une différence. Mam était Mam et Pop était Pop. Mari, femme, mère, père, grand-père, fils, fille et petit-fils n'étaient que des mots, et les seuls mots qui se soient jamais concrétisés pour lui étaient Mam et Pop. Mais un jour quelqu'un lui avait expliqué la signification du mot « bâtard ». Dans la cour de récréation à la pause déjeuner, quand il était en classe de CM1. Un garçon de sixième. Il s'était approché du petit coin de pelouse où Lampy mangeait son sandwich, au fond de la cour, et il lui avait dit : T'es qu'un bâtard. Derrière lui quelques élèves ricanaient, et le garçon regardait Lampy, un sachet de chips à la main, hilare, attendant sa réaction, et tout ce que Lampy avait pu dire c'était : Quoi ? T'es qu'un bâtard, avait répété l'autre en finissant ses chips, et il avait fourré le sachet froissé dans la poche de son pantalon. Tu sais ce que c'est un bâtard ? Et comme Lampy ne répondait pas, il lui avait expliqué : Un bâtard, c'est quelqu'un qui a pas de père. Donc c'est pas une insulte si je te traite de bâtard. C'est juste un fait. Et Lampy voyait bien que les autres autour de lui avaient cessé de manger et attendaient, immobiles, qu'il réagisse, et il avait l'impression de flotter et éprouvait aussi une drôle de sensation, comme si quelqu'un lui avait attrapé les couilles et les tenait serrées, et celui qui lui avait expliqué le sens du mot « bâtard » se léchait les doigts devant lui, un par un, jusqu'à la deuxième phalange, il était grand et mince et il le regardait fixement en suçant ses longs doigts fins. Lampy savait que c'était un fils Pratt, son père avait un bureau en ville avec PRATT écrit sur la porte avec d'autres choses que Lampy ne comprenait pas, et quelqu'un dit : Oooh, moi, je laisserais pas passer ça, non, je laisserais pas passer ça, et le frère Rutledge, pourtant censé surveiller la cour, était loin, près du hangar à vélos des sixièmes, et il leur tournait le dos, alors Lampy avait entendu la voix de Pop lui disant : Fais de ton mieux pour rester en dehors des bagarres, fiston, mais si jamais tu dois te défendre, vise la pomme d'Adam. Comme ça, regarde. Et Pop ce jour-là avait fait une arme de sa main en enroulant ses doigts de façon à ce que les articulations soient pointées vers l'avant. Et rentre pas ton pouce, tu pourrais le casser. Replie-le le long de ton index. Et garde bien l'œil sur la pomme d'Adam du connard avant de cogner droit et fort. Pop lui avait montré, encore et encore, ce qu'il devait faire, et quand sa mère était rentrée elle les avait surpris en train de se donner des coups et de faire des feintes dans la cuisine, en riant et en poussant des hurlements, et elle s'était fâchée très fort en leur ordonnant d'arrêter, et Pop le lui avait rappelé une dernière fois : La pomme d'Adam. Regarde, tu vois ce truc qui monte et qui descend dans la gorge. Et il avait à nouveau esquissé une lame avec les phalanges de sa main gauche tout en lui faisant un clin d'œil. Et donc Lampy avait pris appui sur son pied gauche pour bondir pendant que le petit Pratt léchait ses doigts graisseux, et il avait gardé les yeux fixés sur sa pomme d'Adam bien visible et mouvante, qui travaillait de haut en bas, et le coup avait porté sec et précis, et l'autre avec ses explications de « bâtard » était tombé à la renverse contre sa petite bande de potes puis sur le sol de la cour. Il faisait un drôle de bruit rauque, le visage écarlate, et il se tenait la gorge de ses deux mains, les yeux exorbités, et les gars s'étaient tous mis debout pour crier : UNE BASTON, UNE BASTON ! Le frère Rutledge s'était mis à courir vers eux dans sa soutane noire et Lampy sentait les mains de ses amis qui lui tapaient dans le dos en répétant : Bravo, Lamp, tu l'as eu, et ce jour-là pour la première fois Lampy avait pris conscience des différences entre les gens, et cette conscience et le tourment qui l'accompagnait ne devaient plus le quitter.

Un jour, au cours d'un match de hurling, il avait entendu un homme demander à son grand-père qui il était. C'était quelques années après qu'il avait frappé Niall Pratt à la gorge. Il avait à peine douze ans, ou peut-être quatorze, il ne se rappelait plus. Il avait mal joué. C'est un gamin à vous, pas vrai, qui a été éliminé ? Le numéro sept ? Et son grand-père avait dit à l'homme que oui, c'était son gamin. L'homme avait détourné les yeux en ricanant, puis il avait regardé Pop, prêt à ajouter quelque chose, mais Pop s'était redressé en serrant les poings et lui avait demandé : Vous avez un truc à ajouter ? Vous avez autre chose à dire à ce sujet ? Et l'homme avait reculé, il avait regardé pensivement vers le ciel puis par terre sans trouver de meilleure réponse, donc il avait dit non, il posait seulement la question, c'est tout. Et Pop avait alors remarqué Lampy, assis juste derrière lui depuis le début, et il lui avait dit : Viens ici, fiston, et assieds-toi à côté de moi. Ne prête pas attention à ces connards. Ils ont fait sortir leur meilleur joueur et sans même lui laisser le temps de s'échauffer.

Au moment où il arrivait en bas de l'escalier, ce souvenir surgi de nulle part provoqua chez Lampy un pincement familier, une touche de culpabilité ou de honte, ou d'autre chose encore, un sentiment qui n'avait pas de nom, du moins pas à sa connaissance. Et sur le seuil de la cuisine un autre souvenir lui vint et l'arrêta net, comme une main appuyée fermement contre sa poitrine, ou comme un videur à la porte d'une boîte de nuit en ville, une de celles dont il faut être membre pour pouvoir entrer, L'Icône par exemple. Une minute, mon p'tit gars. Tu as une pièce d'identité ? Non, j'ai dû la laisser chez ta mère. Il ne maîtrisait pas le flux de ces souvenirs, ces bêtises qui le faisaient parfois se figer avec une main sur le front et les yeux clos, qui le paralysaient. Pop l'attendant pour le raccompagner à la maison après l'entraînement. Et lui qui l'avait évité en contournant l'entrée du terrain de hurling où Pop fumait une clope, longeant rapidement le mur intérieur avant de franchir la grille derrière chez Kelly. Pop était rentré sans mentionner qu'il l'avait attendu. L'idée de Pop qui avait patienté en guettant la porte du vestiaire. Au bout d'un moment, il était allé à l'intérieur pour le chercher, avait demandé à Tony Delahunty où il était, et comme Tony avait répondu qu'il était parti depuis un bon moment, Pop s'était écrié : Ah, merde, j'ai dû le manquer de peu, alors.

Voilà deux ou trois semaines que James Grogan lui a demandé de surveiller la salle de séjour du foyer. Jusque-là, il s'occupait de nettoyer les chambres, de changer les draps et de conduire le minibus quand c'était nécessaire. Parfois il était seul, même s'il savait qu'une infirmière était censée l'accompagner lorsqu'il conduisait les résidents à leurs rendez-vous et à leurs visites familiales. Les Grogan n'hésitaient pas à contourner la réglementation. Ils seraient capables d'escroquer le diable, disait Pop. Tout ce que tu as à faire, c'est t'asseoir dans un coin et garder un œil sur eux, Lampy, lui avait expliqué James Grogan. Fais attention à ce que personne n'aille se perdre, s'étouffer ou tomber de son siège. S'il arrive quoi que ce soit, tu cours chercher l'infirmière ou l'une des auxiliaires. Tu n'as pas besoin de jouer les héros. Moi, ce que je te propose, c'est de te payer pour rester assis le cul sur une chaise. Tu peux faire ça ? Et Lampy avait répondu qu'il le ferait, oui, bien qu'il ait entendu raconter qu'une femme était morte dans cette même pièce quelques années plus tôt, juste là devant la baie vitrée, dans les bras de son mari, et que tout s'était passé très vite : elle s'était levée de son siège, s'était assise sur les genoux de son mari, et puis elle était morte. Et le mari l'avait suivie quelques semaines plus tard, il avait simplement fermé les yeux un jour et s'était éclipsé à son tour. C'était donc une affaire bien plus sérieuse que ce que James Grogan avait laissé entendre. Malgré tout, Lampy était content. Il aimait bien la salle de séjour, le calme qui y régnait, le cercle de pensionnaires, certains séniles et d'autres parfaitement alertes. Une femme tricotait une écharpe après l'autre, ses mains comme des pistons, et pas une seule fois elle ne regardait ses aiguilles ou sa laine ; elle observait toute la journée ce qui se passait autour d'elle et parlait à Lampy de ses voisins. Regarde celle-là, disait-elle, elle est sourde comme un pot, tu sais, et celle-ci, elle est obèse, et ce pauvre homme là-bas qui a mis sa culotte à l'envers, Seigneur, une vraie cour des miracles, et elle hochait la tête sans que ses mains cessent de s'activer ; Lampy en était venu à apprécier ses ricanements étouffés et la malice qui brillait derrière ses lunettes. Tu es un beau garçon, lui avait-elle dit un jour. Tu as le front drôlement haut. Tu dois en avoir dans le ciboulot. Pourquoi donc fais-tu ce travail ?

La semaine précédente, un résident l'avait appelé Declan. Declan, tu as mes clés de voiture ? Declan. Declan. Tu peux me trouver mes clés de voiture pour qu'on rentre à la maison ? May aura préparé le dîner. Declan. Et quand

Lampy s'était approché pour essayer de le calmer, l'homme lui avait saisi la main avec une poigne d'acier et lui avait dit : Tu es un bon gars, Declan, un gars sérieux, as-tu retrouvé mes clés ? Et Lampy avait répondu : Je ne suis pas Declan, alors le vieil homme l'avait regardé d'un air déconcerté pendant un long moment, en silence, avant de lâcher : Ah, oui. C'est vrai. J'ai confondu. Je m'emmêle tout le temps les pinceaux, ces jours-ci. Et en jetant un coup d'œil sur lui un peu plus tard dans la journée, Lampy avait vu que l'homme marmonnait quelque chose, les yeux clos, et que des larmes roulaient sur ses joues. La tricoteuse avait indiqué l'homme qui pleurait d'un signe de tête, et levé les yeux au ciel en disant à Lampy : Quel malheur. Ce Declan qu'il cherche est parti depuis bien longtemps maintenant, que Dieu nous aide. Quelque part à l'étranger, comme mon propre fils. Et puis elle avait regardé Lampy, l'avait étudié un moment avant d'ajouter : Ce qui est passé ne peut pas être changé, et ce qui est à venir ne peut pas être connu, et tu ne peux pas passer ta vie à t'inquiéter. Évidemment que tu ne peux pas. Tout ce qu'il faut faire pour avoir une belle vie, c'est être bienveillant. Et comme Lampy acquiesçait, elle s'était mise à pouffer sans bruit en reprenant l'inspection de ses voisins.

Et dans la cuisine Pop riait toujours, et toussait toujours, et sa mère mettait les toasts à griller, et Lampy décida qu'il allait les manger ; ça ne valait pas la peine de subir tout le cirque de son grand-père. Pop jouait l'étonné, c'était le numéro le plus irritant de son répertoire. Oh, bon

Dieu, attention ! Regarde qui vient de faire son apparition. Les morts se sont levés et sont apparus à tous. Lazare, Lazare, te voilà sorti de ta fosse. Bon Dieu, Lampy, tu as un job peinard. À quelle heure on te laisse arriver, déjà ? T'as encore des horaires ? Tant mieux pour toi en tout cas. Alors Lampy expliqua : Je ne fais qu'une virée avec le minibus aujourd'hui. Et Pop répondit : C'est ça, oui. C'est ça. Et la façon dont il le disait était exaspérante, la suggestion dans sa voix, sous-entendant que Lampy mentait, qu'il était censé être au travail toute la journée mais qu'il avait eu envie de faire la grasse matinée ; c'était suffisant pour donner envie à Lampy de hurler, de l'attraper par le col et de le secouer, mais il ne le ferait jamais. Je dois simplement en conduire certains en ville pour leurs rendez-vous médicaux et en déposer d'autres chez leurs enfants pour une visite, Pop, dit-il, et je suis payé cinquante livres pour ça. Il espérait que son grand-père s'arrêterait là, qu'il se tairait. Mais il ne le fit pas. C'est ça, c'est ça, répéta-t-il. Alors Lampy frappa brusquement la table d'une main, si fort que son assiette sauta en l'air et que sa mère se tourna vers lui, les yeux écarquillés de surprise. Lampy hurla : OUI ! C'EST ÇA ! Et il se demanda pourquoi il était incapable de garder son calme, pourquoi il laissait le vieil homme l'asticoter ainsi.

Son grand-père s'assit et se mit à bouder dans un silence presque total, marmottant entre ses dents qu'il n'avait fait que dire « C'est ça », et qu'y avait-il donc de mal à cela ? Et il n'essaya pas de raconter à Lampy la moindre histoire, ni sur George Clooney ou Mickey Rooney ni sur les connards qui allaient à des fêtes costumées, et Lampy sentit l'air s'alourdir de sa colère factice, mêlée à l'humeur et à la déception de son grand-père, à la résignation lasse de sa mère, et son petit-déjeuner était tout sec, ou peut-être était-ce sa bouche qui était sèche, et rien n'avait de goût et il dut se forcer à chaque bouchée, et quand il eut enfin terminé il remercia sa mère, qui lui dit : Y a pas de quoi, mon chéri ; tu feras bien attention avec ce minibus, hein, les routes sont traîtresses tu sais, et il lui promit qu'il conduirait très prudemment mais il ne regarda pas son grand-père avant de partir, ne lui adressa pas un mot, et son grand-père ne dit rien non plus, et Lampy enfila son manteau et sortit dans l'air froid et apaisant, les douces rafales de vent.

Il avait le temps d'aller à pied jusqu'à la maison de retraite. En marchant il économiserait le peu de carburant qui restait dans la Civic. Il pensa à Eleanor, à sa silhouette, à son sourire, au maquillage voyant qu'elle portait sur les paupières, tel qu'il l'aimait, à ce qu'elle serait capable de faire pour lui s'il jouait bien ses cartes. Il allait l'inviter quelque part. Au restaurant chinois, peut-être. Il jeta un coup d'œil en arrière vers chez lui avant de tourner à l'angle du lotissement, et l'espace d'une seconde il envisagea d'y retourner sous un prétexte quelconque, il avait oublié son portefeuille ou bien ses gants, et il dirait un mot conciliant à Pop, une petite chose comme : À plus tard, ou : Dis-moi, Pop, tu veux que je te rapporte quelque chose en rentrant tout à l'heure ? Il savait que cela ferait plaisir à sa mère et que Pop serait heureux, mais il ne pouvait pas s'y résoudre. Trois fois rien, cela apaiserait tous les esprits, mais il en était incapable. Qu'est-ce qui n'allait pas chez lui ?

Il se souvenait d'un rêve qu'il avait fait. Il se tenait sur Thomond Bridge et regardait l'eau noire couler à flots rapides depuis la ville vers Thomondgate, en sens inverse du courant réel. Il regardait la rivière, s'émerveillant de la force du courant, de la hauteur des eaux qui atteignaient presque les remparts du pont, et il expliquait à quelqu'un qu'il ne voyait pas que c'était normal, que la rivière était tidale jusqu'à Curragower, comme une grande marée qui montait, il ne fallait pas s'inquiéter, et le pont gémissait, se fissurait et s'effondrait dans l'eau, l'eau autour de lui était chaude et le portait en amont, au-delà de King's Island et des barrages à saumon, et la rivière s'engouffrait toujours vers l'amont en s'éloignant de la mer, et il s'était alors réveillé en riant, et tandis que le rêve commençait déjà à s'estomper il avait pensé qu'il serait facile de se laisser porter ainsi jusqu'à sa fin. De fermer les yeux et de tomber.

James Grogan l'attendait à la porte. Allez, viens, tu es en retard, dit-il, et Lampy vérifia sa montre. Vous m'aviez dit d'être ici à midi. Je suis en avance d'une minute. Ah bon ? Alors excuse-moi, attends ici que j'aille chercher ton trophée, ou c'est une putain de minute payée en heures supplémentaires que tu veux ? Lampy préféra laisser tomber. Ça ne servait à rien de répondre à ce connard. Bon, reprit James Grogan, maintenant tu m'écoutes, d'accord ? Il passa en revue la liste des personnes à déposer et à récupérer, et Lampy n'avait pas besoin d'écouter trop attentivement parce que c'était la même chose chaque semaine, il connaissait désormais par cœur la liste des personnes et des lieux, et il regardait travailler la grosse mâchoire de James Grogan et les petits croissants de bave blanchâtre qui se formaient à la commissure de ses lèvres, comme de dégoûtantes parenthèses autour de ses mots, et il se demandait comment la femme de ce gros porc immonde pouvait le laisser la baiser, elle qui n'était pas mal du tout, toute blonde et bronzée avec des courbes hallucinantes, elle avait plus de quarante ans mais elle était en super forme et Lampy sentit son membre durcir à cette pensée, et affolé il imagina pour se calmer l'injection qu'il faut faire à la base du gland si on attrape la chlamydiose, les petits piquants qui se déploient au bout de l'aiguille quand elle est en place et la force avec laquelle le médecin doit ensuite tirer sur la seringue pour la retirer, et son érection se calma aussitôt, comme chaque fois qu'il utilisait cette petite astuce, et il en était satisfait, il l'avait utilisée bien souvent dans des occasions où un homme ne peut pas avoir la gaule sans discernement, à la messe par exemple, non pas qu'il y soit allé trop souvent, mais un jour il avait bandé à l'enterrement d'un ami de son grand-père, agenouillé, les yeux à la hauteur du cul de la femme devant lui, un soupçon de dentelle rouge en haut de sa jupe noire, le léger contour de sa culotte, la petite fermeture éclair de sa jupe, et quand il s'était assis il avait dû se pencher en avant parce qu'il n'avait pas de pull ni de veste ni quoi que ce soit à se mettre sur les genoux alors qu'il était dur comme du bois, et tout ce qu'il entendait c'était le murmure furieux de Pop : Mais qu'est-ce qui va pas chez toi ? T'es malade ou quoi ? Tiens-toi droit, tu veux ?

Pop soutenait que les Grogan n'avaient obtenu le permis de construire une maison de retraite sur ce superbe terrain vierge que grâce aux épaisses enveloppes en papier kraft qui s'échangeaient dans les services administratifs de la ville. Comment se fait-il, demandait souvent Pop, que

Bridie Dwyer, là-bas à Ballygash, n'ait jamais pu obtenir de permis pour ajouter quelques rangées de briques sur son mur d'enceinte et une grande porte bien solide pour qu'elle-même et le cinglé qu'elle a épousé puissent se balader à poil dans leur jardin ? Hahaha ! Et Lampy riait, sa mère faisait tut-tut en hochant la tête, et Pop, après avoir repris son souffle et s'être majestueusement éclairci la gorge, se sentait encouragé à poursuivre ses explications. C'est une paire de culs nus, vous savez. C'est bien connu, c'est vrai ! N'est-ce pas comme ça que tu les appelles, Florence ? Des culs nus ? Des nudistes, papa, rectifiait la mère de Lampy, mais sa correction restait lettre morte. Et de toute façon, ce n'en sont pas. Oh mais si, c'est une paire de culs nus ! Allez, quoi, Lampy, t'as bien dû entendre raconter ça. Ou alors ça prouve une bonne fois pour toutes que tu te balades le nez sur tes chaussures comme un imbécile, et que tu n'vois rien d'autre que tes pieds qui avancent devant toi. Tout le monde le sait que ces deux-là sont des nudistes. Elle se balade en tenue d'Ève chaque fois que le temps le permet, et Murty court derrière elle avec son zob à la main ! Il y en a eu beaucoup, des voitures bonnes pour la casse après ce mauvais virage devant leur maison, parce que le conducteur avait été distrait par les nichons à l'air de Bridie ou par les boules de Murty qui frétillaient dans tous les sens. Et Lampy pleurait de rire au point que la tête lui tournait.

Lampy s'aperçut tout à coup que James Grogan avait

cessé de lui parler et qu'il causait maintenant avec l'une des infirmières qui venait de surgir à côté de lui, une étrangère petite et ronde qui semblait toujours triste, et celle-ci répétait : C'est ridicule, c'est ridicule, et James Grogan affirmait : Ne vous inquiétez donc pas, faites simplement votre travail et laissez les autres faire le leur, mais l'infirmière étrangère, dont Lampy avait oublié le nom, même s'il savait qu'il sonnait irlandais, Mary ou Marie ou Maria ou quelque chose comme ça, s'éloignait en hochant la tête, et Patsy Fox, l'homme à tout faire, avait déjà approché le minibus chargé de vieillards près de la porte de la salle de séjour, il descendait du siège conducteur en lui adressant un clin d'œil et un large sourire dans le dos de James Grogan, et James Grogan disait : Bon, Lampy, est-ce que tout est bien clair ? Et Lampy répondit que ça l'était, pas de souci, tout se passerait bien.

La neige avait cessé de tomber, les nuages s'étaient tous dissipés et la pâle lune gibbeuse paraissait déplacée sur le fond de ciel bleu matinal, et même intempestive ; elle faisait penser à un jeune homme qui rentre chez lui, lessivé et malade à crever, après une nuit entière passée à enchaîner les bières. La température indiquée sur le tableau de bord était de zéro degré. Quelques bavardages indistincts se faisaient entendre à l'arrière du minibus, et Mr Collins, assis à l'avant et penché sur son siège, parlait à Lampy de l'époque où il avait été chauffeur de bus à Londres. Toutes ces rues et ces routes parcourues quotidiennement. Tous les itinéraires qu'il connaissait, et il se demandait s'il se les rappellerait encore aujourd'hui. S'il avait une chance d'y retourner un jour. Peut-être aurait-il dû rester là-bas. Il avait aussi conduit un bus dans le coin, le savais-tu, pour la compagnie des autocars. Jusqu'à la retraite. C'était une occupation plus tranquille de ce côté-ci de la mer d'Irlande, et de loin. Pas autant d'étrangers à la peau sombre ou de voyous.

Même si aujourd'hui nous en avons aussi notre part. Et la femme assise à côté de lui essaya de le faire taire, mais Mr Collins continua quand même à parler. Il raconta à Lampy, pour la septième ou huitième fois, le jour où il avait été attaqué à Bethnal Green, comment le type lui avait mis sa lame glacée sur le visage avant de s'enfuir avec la caisse, mais pas son portefeuille ; c'était la période où il n'y avait pas encore de séparation entre le conducteur et les passagers, vois-tu. C'est à ce moment-là qu'il avait décidé de rentrer chez lui. On lui avait permis de cumuler ses emplois dans les deux pays pour sa retraite, Dieu merci, parce qu'autrement il se serait retrouvé sans le sou. Lampy savait-il qu'à l'époque, à Londres, les conducteurs de bus étaient moins bien payés que les éboueurs ? Mais il n'aurait échangé sa place pour rien au monde, même pas la fois où il avait été attaqué, parce que cette expérience l'avait marqué et en quelque sorte galvanisé, et Mr Collins parlait toujours mais Lampy ne l'entendait plus, le compteur de vitesse affichait cinq points de plus et l'indicateur de température extérieure avait baissé d'un degré.

La route qui descend depuis Coolderry, sinueuse et étroite, bordée de sycomores, était recouverte de feuilles mortes transformées en boue et redevenues dures sous l'effet du gel. Les phalanges de Lampy blanchissaient sur le volant. La route bifurquait au bas de la pente et, juste avant, à cinquante mètres de la maison de Sean Kelleher, le gros van Mercedes qui avait coûté les yeux de la tête aux employeurs de Lampy commença à déraper vers la gauche puis vers la droite, et le cœur de Lampy s'emballa et se mit à palpiter de façon désordonnée. Il était incapable de réfléchir, alors il ne réfléchit pas du tout, mais ses mains décidèrent d'elles-mêmes de maintenir le volant et son pied prit sur lui de relâcher l'accélérateur et de freiner doucement. Alors que le minibus glissait devant la haute grille de Sean Kelleher, le système anti-dérapage arrêta la glissade et les pneus indociles retrouvèrent leur adhérence sur la route gelée, les freins antiblocage ralentirent délicatement le véhicule et les fesses minces de Lampy se détendirent tandis que son cœur reprenait son rythme sinusal habituel.

Et Mr Collins lui dit : Oh, mon vieux, bon sang, tu l'as bien tenu, mon garçon, c'est la vérité, tandis qu'une voix plus aiguë lançait derrière eux : Hé, dis donc, toi qui conduis, là, avec tes grandes oreilles, tu essaies de te débarrasser de nous ou quoi ? Mais le tableau de bord s'alluma brusquement, tous les voyants en même temps, pour la batterie et l'huile et l'ABS et l'avertissement de surchauffe et de frein à main et d'airbag et de ceinture de sécurité, et un message clignota en rouge, CODE ERREUR, puis LIMITATION DU RÉGIME, et le nouveau minibus Mercedes que James Grogan avait tant hésité à acheter crachota en ralentissant jusqu'à avancer au rythme d'une marche rapide.

Qu'est-ce qui se passe ? Hé, Grandes Oreilles, qu'est-ce qui se passe ? Dépêche-toi, enfin, ou nous allons manquer notre séance d'hydrothérapie. Tu ferais mieux de pas me faire rater mon rendez-vous à cause de tes bêtises. Alors Mr Collins se tourna vers son camarade et lui dit de se taire, de la fermer pour l'amour de Dieu, ce n'était vraiment pas la faute de ce garçon s'il y avait un problème avec le véhicule. Pas moyen de faire confiance à ces machins modernes. Il y avait trop de bidules compliqués et d'incompréhensibles finesses en tout genre. Des puces électroniques. Qu'est-ce que ça pouvait bien être, on vous le demande. Ces machins sont conçus pour mal tourner. Donnez-moi plutôt un Bedford 240. Un moteur, des roues et un siège. Que faut-il de plus aux gens ? Et quelqu'un disait : Il va falloir que j'aille aux toilettes bientôt, et un autre : Enfin quoi, il n'a pas du tout de grandes oreilles, mais il a un beau tour de tête, il a la plus grosse tête que j'aie jamais vue, c'est sûr, tandis qu'un troisième gémissait : Margaret, Margaret, tu veux bien aller jusqu'à la maison au toit d'ardoises pour voir si j'ai pas laissé ma canne derrière la porte ?

Mr Collins s'était levé de son siège et se penchait maintenant à côté de Lampy, louchant sur les instruments et lisant le message lentement d'une voix forte : Li-mi-ta-tion-du-ré-gi-me, qu'y disent. Eh ben, on va en mettre, du temps, pour rentrer chez nous à ce rythme, on peut aussi bien la garer en enfer, cette machine. Derrière lui, Lampy entendait un brouhaha de voix éraillées qui répétaient dans un murmure les mots de Mr Collins : Limitation du régime, c'est quoi ça ? Ça veut dire qu'on va devoir rentrer chez nous à cloche-pied ? Je vais nulle part, moi, à part à la piscine. Hé, Grosse Tête, qui va se mettre en limitation de régime ? Certains riaient, et quelqu'un, Mrs Coyne, il en était quasiment sûr, disait : Ah, ne tourmentez pas ce pauvre garçon, il a bien assez à faire sans que vous vous énerviez et que vous le taquiniez comme des gamins mal élevés. Et Mr Collins murmurait : Doucement, mon petit, vas-y tout doux, surveille la jauge de température pour éviter la surchauffe, tu pourrais faire sauter le joint de culasse très facilement, tout doux maintenant, tout doux.

Le chauffage fonctionnait encore, Dieu merci, mais Lampy le baissa parce que la sueur commençait à perler sur son front. Il se sentait gêné, sans être bien sûr de savoir pourquoi. Il savait qu'il allait devoir se retourner pour dire quelque chose aux vieux, leur assurer que tout allait bien, qu'ils allaient se sortir de là, il ne fallait pas s'inquiéter, mais il n'arrivait pas à mettre les mots en ordre dans sa tête. L'accélérateur ne répondait plus du tout, sauf quand il débrayait ; le minibus se mettait alors en branle à une allure d'escargot. La maison de Sean Kelleher se trouvait un peu plus loin sur la route. Il n'y avait aucune chance que Sean soit chez lui un vendredi à cette heure-ci, mais Lampy savait qu'il pouvait faire demi-tour devant l'ancienne laiterie pour laisser le van dans sa cour ; de là, il appellerait Mickey Briars pour lui demander d'aller chercher l'ancien minibus et de le lui descendre jusqu'ici ; transférer les vieux ne devrait pas prendre très longtemps, pensait-il, il n'y avait pas d'invalides parmi eux, et si tout allait bien ils pourraient être de retour sur la route dans vingt minutes, à condition que Mickey ne fasse pas le con.

Il prit son portable dans sa poche et quelqu'un s'écria : Ah, le voilà qui sort son téléphone. Mr Collins lui glissa : Faut veiller maintenant à pas se faire prendre par les flics, ils seraient capables de nous arrêter pour ça avant même qu'on ait le temps de dire ouf, et Lampy réprima une sauvage envie de lui crier : MAIS FERMEZ VOTRE GUEULE, PUTAIN. Le téléphone de Mickey Briars sonna dans le vide un long moment, Mickey ne répondait pas et Lampy se demandait nom de Dieu ce qu'il pouvait bien être en train de faire pour laisser le répondeur parler à sa place, et il imagina alors Mickey louchant vers le téléphone qu'il tenait à la main, voyant son nom s'afficher à l'écran et prenant son temps pour répondre – par malveillance, ou par malice, ou tout simplement parce qu'il ne voulait pas donner l'impression qu'il n'avait rien à faire, ou bien peut-être était-ce à cause d'un grief bien précis qu'un vieux bâtard un peu dérangé comme Mickey ou Pop pouvait entretenir dans leur tête. Mais Mickey finit par décrocher et Lampy lui demanda s'il pouvait prendre le vieux Transit et le rejoindre avec, et il expliqua à Mickey ce qui s'était passé, et Mickey dit : J'ai une pinte dans le ventre mais ça va aller, t'es vraiment pas possible, comment ça se fait que tu sois incapable de conduire ce van sans le bousiller ? Lampy respira profondément, serra les poings en redressant les épaules et se força à jouer le jeu : Hé oui, tu me connais ! Alors Mickey promit de foncer chercher le vieux Transit et de descendre sur-le-champ, il suffirait de transférer tout le monde, et si les Grogan ne le repéraient pas il ne leur dirait rien à moins d'y être contraint, parce qu'ils avaient la vilaine habitude de rejeter la faute sur les gens même lorsque aucune faute n'avait été commise par personne, et de toute façon à cette heure-ci un vendredi il y avait peu de chance qu'ils soient là, et c'était dommage qu'il rate les belles filles de l'émission de l'après-midi à la télé, mais bon, on ne peut pas tout avoir et tiens bon, Lampy, je serai là en moins de deux.

Et Mickey avait tenu parole. Lorsqu'il arriva, Lampy venait tout juste de garer le van Mercedes aux vitres teintées dans l'espace attenant à l'atelier de Sean Kelleher et de laisser les clés sur le dessus du pneu arrière en suivant le conseil de Mickey, lequel avait promis de lui expliquer la situation quand il rentrerait, et là-dessus tout le monde put être transféré en bon ordre, avec très peu d'incidents, et les cannes et les sacs à main furent facilement trouvés, et Mr Collins déclara qu'il était beaucoup plus heureux dans la vieille machine, c'était de loin une meilleure mécanique. Il se pencha à côté de Mickey pour examiner le moteur du minibus Mercedes et tous deux hochèrent la tête à l'unisson, tristement, et Mickey dit : Dieu seul sait ce qui s'est passé, ça pourrait être n'importe quoi, ils devraient demander à la NASA d'y jeter un coup d'œil, moi je dis, mais il est plus probable qu'ils laisseront Sean lui flanquer de grands coups de marteau jusqu'à ce qu'il reparte sous l'effet de la peur, et Mr Collins rit et brandit sa canne en direction du moteur incriminé, avec ses nouveaux machins compliqués et son manque d'intégrité toute simple, et Mickey aida Mr Collins à monter dans le Transit et dit qu'il allait appeler Sean tout de suite et qu'il n'y avait pas besoin de s'inquiéter de quoi que ce soit, sauf de déposer les passagers à leurs arrêts respectifs, que le vieux Transit était le meilleur véhicule qui existe et que le réservoir diesel était rempli au moins à moitié et que si lui, Mickey, avait le pouvoir d'en décider, ils utiliseraient toujours le Transit comme moyen de transport principal et allez, file, mon garçon, et n'oublie pas qui t'a sorti d'affaire, et dis à ton grand-père que j'ai demandé après lui et que j'ai toujours ma revanche à prendre. Et Lampy repartit, roulant plus vite maintenant, soulagé d'être de nouveau en mouvement, impatient d'avoir le minibus pour lui tout seul pendant un moment, une fois Mr Collins et Mr Driscoll déposés à leur séance d'hydrothérapie et Mrs Bridges et Mrs Coyne chez le kiné et Mr et Mrs Chambers avec leur fille chez qui ils dînaient tous les vendredis, et Mrs Chambers pleurait toujours lorsqu'elle remontait dans le minibus, lui demandant en boucle : Pourquoi ne pouvons-nous pas rester ? Pourquoi ne pouvons-nous pas rester ?

Il y avait tous les soirs un moment de calme à la maison. Une fois le dîner avalé et Pop installé, sifflotant, près du poêle. Les flammes crépitantes et le tic-tac de l'horloge, le martèlement cadencé des mains de sa mère malaxant sa pâte à pain ; le ciel devenait sombre, la lune se levait. Lampy s'étirait sur toute la longueur du canapé, les yeux lourds de fatigue, et parfois il s'endormait. Et à présent, tout en conduisant, il pensait à sa maison, à Pop et à sa mère et à toutes les années qui s'étendaient devant lui, indistinctes et ternes. Ferait-il ça toute sa vie ? Conduire des bus, rester assis dans des salles de séjour, changer des draps et parler à des gens qui attendaient la mort ? Il avait l'impression d'être sorti de lui-même, en quelque sorte, de se matérialiser dans cette nouvelle incarnation, cet homme étrange et tranquille, un type plein de regrets qu'il ne connaissait pas vraiment. Il aurait dû rester à l'université, même s'il avait choisi un cours – le génie civil – qui n'était pas pour lui, parce que tous ses copains avaient choisi ça ou quelque chose dans le genre ; il avait abandonné l'idée de faire de la littérature ou du journalisme, car même en redoublant ses cours indéfiniment il n'aurait jamais obtenu les notes nécessaires, et il n'avait jamais parlé à personne de ce qu'il aurait vraiment voulu faire.

Chloe ne l'aurait pas quitté s'il avait eu un diplôme, un travail valorisant, une grosse paye chaque semaine. Ou chaque mois : plus votre emploi est chic, plus les versements de votre salaire sont espacés. Mais il ne comprenait rien aux maths, et les devoirs qu'il rendait revenaient toujours avec de mauvaises notes et des commentaires au stylo rouge partout, et Cookie Ryan, avec qui il faisait le trajet tous les jours, avait essayé de lui donner un coup de main, mais plus Lampy regardait les énoncés moins il y trouvait du sens, et la somme d'efforts qu'il fallait faire pour mettre les idées en ordre dans sa tête sur un sujet donné était incroyable, et puis après il y avait toujours un autre point à démêler, et la liste des choses à apprendre semblait s'étendre à l'infini, et un jour il avait dit à Cookie de ne pas s'embêter à passer le prendre le lendemain et qu'il le verrait à l'entraînement le jeudi. Et maintenant Cookie et plusieurs autres gars s'apprêtaient à obtenir leur diplôme et à devenir de vrais ingénieurs, et Lampy ne comprenait pas certaines des blagues qu'ils faisaient quand ils organisaient une sortie, et plus le temps passait moins il les voyait, du coup il ne jouait plus au hurling non plus et il y avait une sorte de gêne entre lui et Cian Delahunty parce qu'ils ne s'étaient jamais vraiment réconciliés, et la rancune et la gêne étaient restées entre eux et il ne savait plus comment faire face à ça.

Après sa rupture avec Chloe, il avait postulé pour un emploi dans une mine au Canada. Ça lui avait paru héroïque à l'époque, presque digne d'un roman ; l'immensité de cette idée faisait refluer la nausée que la perte de Chloe lui avait laissée, l'érosion débilitante de son être. Pop, pourtant, avait souligné le côté idiot et embarrassant du projet. Descendre au fond d'une mine dans – il est où déjà, ton trou perdu ? – dans le nord de l'Ontario ? Nom de Dieu. Je pourrais p't-être aller jusqu'à la carrière de Latteragh pour voir s'ils ont pas quelque chose, ça devrait te plaire si t'as tellement envie de casser de la roche. Puis Pop avait écrasé sa cigarette à moitié fumée en soupirant, enlevé ses lunettes de lecture pour les remettre aussitôt, et fait semblant de s'en aller avant de finalement revenir s'asseoir. Et que pouvait-il faire d'autre, Lampy, que de regarder le visage empourpré de son grand-père et, au-dessus de lui sur le mur, les yeux tristes de Jésus, Son Sacré-Cœur en sang, et d'essayer de garder son calme pendant que Pop continuait de râler ?

Et ça vient d'où, cette idée de merde ? C'est mon idée. Je n'ai pas eu besoin qu'on me la donne. Mais un de mes copains y va, Dean Kelly. Kelly ? Mon cul. Tous des cinglés, dans sa famille. Et en plus aucun d'entre eux n'a jamais joué au hurling de sa vie. Il y a plein de travail ici même en ce moment. Bobby Mahon n'en peut plus de chercher des gars prêts à bosser pour lui. Ce qui peut t'attirer au pôle Nord, franchement ça me dépasse. Ce n'est pas du tout à côté du pôle Nord. Je veux juste voir un peu le monde. Le monde ? Est-ce qu'on n'a pas déjà la moitié de ce putain de monde qui a atterri ici ? Il suffit de descendre en ville pour le voir, le monde entier, de nos jours. Ce serait plus dans ton intérêt de rester ici, d'épouser une fille et de lui faire de vrais petits Irlandais avant que tous ces Johnnies[1] se multiplient au point de nous chasser de chez nous. De toute façon, qu'est-ce que tu verrais là-bas puisqu'il y a que de la neige et des Esquimaux ? Il n'y aura pas d'Esquimaux là où je vais. Y en aura, crois-moi, et tu seras bien au chaud dans ton igloo avec eux. Tous ces gars vivent dans des igloos. Ils ont des maisons pour les travailleurs. C'est ça, oui, des maisons en neige. Des igloos. Et Lampy avait inspiré lentement et profondément jusqu'à ce que son cœur s'apaise, et Pop et lui s'étaient tus tandis que sa mère allait d'une pièce à l'autre en fredonnant, et Pop avait finalement comblé le silence qui s'était installé entre eux avec ses blagues.

Tiens, tant qu'on y est, tu sais ce que fait un Esquimau qui picole ? Non ? Igloo, igloo, igloo ! Et à propos de neige, est-ce que je t'ai déjà parlé de cette vieille dame complètement fauchée que j'ai trouvée couchée dans la neige pas loin d'ici l'année dernière, non ? Enfin, je

1. Terme désignant à l'origine des Français originaires de Roscoff venus en Angleterre dès le XVIIe siècle pour y vendre des oignons et par extension tout étranger. (*Toutes les notes sont de la traductrice.*)

suppose qu'elle était fauchée, hein – elle n'avait que cinquante-quatre centimes dans son sac à main ! Et il riait beaucoup, parce que Pop était parfois très drôle, et quand il était sur sa lancée les blagues prenaient le pas sur tout, Chloe et l'Ontario et tout le reste s'effaçaient un moment. Pop savait improviser à la demande, tricotant récits, médisances et bouts de rimes qui vous faisaient rire à en avoir le souffle coupé. Comme le jour où, quelques semaines plus tôt, Lampy avait lavé la Civic dans la cour : Pop bricolait derrière lui, réalignant ses sacs de bois de chauffage contre le mur de la remise, attachant les branches des rosiers à leurs treillis pour qu'ils soient protégés du vent, puis il s'était approché pour une raison quelconque et Lampy lui avait fait remarquer qu'il avait enfilé son pantalon imperméable à l'envers, alors Pop avait regardé ses jambes, puis Lampy, et il s'était mis à chanter :

C'était en rev'nant de Roscommon,
Nous étions six jeunes garçons
Et de l'argent nous n'en avions guère,
Sans dessus dessous et sans devant derrière,
À nous six nous n'avions qu'un sou,
Sans devant derrière et par-derrière surtout !

Et Lampy, plié de rire, avait dû arrêter ce qu'il faisait et poser sa brosse à lustrer en essayant de se redresser, et Mrs Delaney, deux portes plus loin, s'était mise à les regarder de travers, alors Pop lui avait fait un signe, un signe de la main vraiment insolent, et il avait dit : Helloooo, d'une voix grinçante et moqueuse, avant de continuer la chanson qu'il était en train de composer au beau milieu de la cour détrempée :

Nous arrivâmes à un logis
Et demandâmes : « Madame l'hôtesse, qu'avez-vous cuit ? »
« J'ai du lapin, qu'elle répondit, et du civet de lièvre,
Sans dessus dessous et sans devant derrière,
Et aussi de la bonne soupe aux choux. »

Et quand nous eûmes bien dîné,
Nous demandâmes à l'hôtesse où c'est qu'elle comptait nous loger,
Elle nous répondit alors : « Vous coucherez sur la litière,
Sans dessus dessous et sans devant derrière,
Ou bien vous couch'rez avec nous. »

Mais sur le coup de onze heures on entendit
L'hôtesse pousser de grands cris ;
« Vous m'avez rompu la charnière,
Sans dessus dessous et sans devant derrière,
Allez-y donc un peu plus doux. »

Et dans les deux derniers vers, Pop s'était vraiment lâché, en faisant courir les notes de haut en bas comme un chanteur d'opéra à longues moustaches, debout dans son pantalon de pêcheur enfilé à l'envers et ses bottes en caoutchouc, avec ses gants de jardinage et son gilet réfléchissant, et Lampy avait failli vomir tant il riait.

Il avait laissé tomber l'histoire de l'Ontario le jour où, depuis le couloir, il avait entendu Pop en parler à sa mère. Et pourquoi d'après lui je me suis tué à racheter cette maison ? Après avoir tiré trois années supplémentaires en Angleterre dans c't'usine avec mon dos esquinté ? Seigneur, l'argent que j'ai donné au conseil municipal juste pour pouvoir dire que cette maison était à nous, pour ne pas avoir toujours peur qu'on nous force à bouger. Et c'est moi qui ai dû m'payer un mur de façade et un nouveau toit alors que tous ces autres fainéants de la rue avaient ça gratuitement. Pourquoi d'après lui j'ai fait ça ? Pour qu'il ait quelque chose. Quelque chose dont il pourrait dire que c'était à lui. Un bon départ dans la vie. Personne lui donnera une maison, à l'étranger. Ils vont l'user jusqu'à l'os avant de le renvoyer avec un coup de pied au cul et il aura foutu en l'air la moitié de sa vie. Et en entendant la voix grinçante de Pop, il avait senti comme un écho dans sa tête, et son estomac s'était crispé sous le coup de la colère et de la culpabilité.

Comment pouvait-il dire à son grand-père qu'il voulait trouver un endroit où on mesurait différemment la valeur d'un homme ? Sans que ce soit lié à l'argent, au sport ou à une rue particulière dans une ville. Mais peut-être était-ce partout pareil ? Il voulait ne plus avoir de passé, ni d'adresse, simplement être originaire d'Irlande. Pas de cette ville, ni de ce lotissement, ni de la maison au bout de la rue avec sa barrière cassée. Il voulait s'inventer une histoire romanesque pour expliquer son père, dire qu'il avait disparu quelque part, au combat peut-être, aperçu pour la dernière fois en train de traverser un col afghan ou un désert ou une rivière en crue. Dean serait le seul à le connaître dans la mine et il confirmerait toutes les versions qu'il lui plairait d'imaginer. Dean ne le jugerait pas et ne trouverait pas bizarre qu'il veuille se réécrire. Bon sang, mec, t'es un sacré menteur, dirait-il, et il serait impressionné. Mais pour finir il s'était dégonflé et ça n'avait plus d'importance maintenant. Dean était parti tout seul. Il avait plutôt bien accepté la défection de Lampy. Ah, putain, Lamp. J'aurais dû savoir que tu me laisserais tomber. Putain, mec. Et Lampy avait dit qu'il était désolé, qu'il ne pouvait pas laisser Pop et sa mère seuls, et Dean avait dit : Je comprends, t'inquiète, ça ira, mais Lampy s'était demandé après coup ce que Dean avait voulu dire exactement, sur le fait qu'il aurait dû savoir qu'il le laisserait tomber. Il avait vu une photo de lui sur Facebook, en salopette bleue et casque lourd, debout, souriant au milieu d'un groupe d'hommes devant une porte grillagée. En voyant cette photo, Lampy avait regretté de ne pas avoir eu les couilles d'y aller. De descendre au plus profond sous le manteau de la terre.

Il se gara à côté de la porte du centre d'hydrothérapie et descendit, coutourna le minibus pour aller faire coulisser la porte latérale et vit Mr Collins qui lui souriait, mais Mr Driscoll, assis derrière Mr Collins, hochait la tête en disant : Ils ne nous prendront plus maintenant, vous auriez dû les appeler dès que nous sommes tombés en panne, tout est fichu maintenant, et Mrs Coyne lui lança : Mais vous allez vous taire, bon sang, tout ce que vous avez à faire c'est tremper votre cul dans une piscine et ils ont ce qui faut comme eau, elle va pas s'assécher. Et Mr Collins et les Chambers éclatèrent de rire malgré leur souffle court, et Lampy aussi, et Mr Driscoll ne répondit rien à Mrs Coyne mais il avait désormais l'air plus gêné que fâché et il se leva lentement de son siège, en s'appuyant lourdement sur sa canne, et il suivit Mr Collins jusqu'à la rampe que Lampy abaissait en agrippant fermement la barre. Lampy posa une main sur le bras de Mr Driscoll pour l'aider à descendre, et quand le vieux monsieur le regarda, droit dans les yeux,

Lampy perçut quelque chose, une chose sur laquelle il était incapable de mettre un nom, une sorte d'appel mais d'appel à quoi ?, et puis cela disparut, Mr Driscoll plissa les paupières et dit : Merci, Grosse Tête, et il suivit son camarade tout courbé vers la porte du centre d'hydrothérapie, s'arrêtant un moment pour évaluer froidement le gardien musclé qui leur tenait la porte ouverte.

Le rendez-vous de Mrs Coyne avec le kinésithérapeute était dans une autre partie du bâtiment, et ils auraient probablement pu y aller à pied parce qu'elle était plutôt dynamique malgré son arthrite, ou sa hanche en voie de guérison, ou quoi que ce soit qui rendait nécessaires les séances de kiné, mais Lampy ne pouvait pas prendre le risque de laisser Mr et Mrs Chambers tout seuls dans le minibus, alors il fit le tour en voiture et accompagna la vieille dame jusqu'à l'accueil. Quand elle lui prit la main pour s'appuyer sur lui, il se sentit gêné, avant de réaliser à quel point il était ridicule de se sentir gêné, et elle l'appela « mon petit » et lui dit de ne pas faire attention à cet horrible vieillard, il n'avait pas du tout une trop grosse tête, ni de grandes oreilles, c'était un beau garçon ça oui et ce pauvre vieux était tout simplement jaloux. Et lorsqu'il la laissa sur une chaise dans le hall, elle lui reprit la main pour qu'il se penche vers elle, et en tendant le cou pour lui murmurer à l'oreille elle ajouta : C'est parce qu'il est tout proche de la mort, tu sais, et il a peur, et toi tu es bien loin de la tienne, et il aimerait avoir sa vie à vivre à nouveau, comme toi tu as encore la tienne devant toi.

La fille de Mr et Mrs Chambers habitait à quinze minutes de là et ils avaient déjà quinze minutes de retard ; Lampy savait qu'il devrait appeler la maison de retraite pour leur demander de téléphoner à la fille et de la prévenir du retard, parce que si cela se passait dans l'autre sens ça ferait un tas d'histoires et il lui faudrait alors expliquer le van Mercedes en panne et il voulait simplement déposer ses passagers et les récupérer ensuite pour les ramener et faire son service de jour et puis revenir vers dix-huit heures pour aller chercher les Chambers, et il parlerait du van aux Grogan quand il le sentirait parce que pour l'instant il savait qu'il ne supporterait pas le faux accent snobinard de James Grogan qui lui demanderait : Que s'est-il passé exactement, Lawrence ?, et il étirerait la première syllabe et alors ce serait comme entendre grincer des étriers de frein avec des plaquettes usées, le genre de bruit qui rend fou. J'emmerde les Grogan et leur nouveau minibus de merde. Ils l'ont sûrement acheté à la casse, il a dû être démonté en Irlande du Nord ou en Angleterre ou ailleurs et dédouané pour la moitié de rien, puis remonté et retapé. Tout comme ils font des économies sur les infirmières et les aides-soignants, la nourriture et le matériel de nettoyage et Dieu sait quoi encore, ils ont essoré tout le monde et lui ont demandé, à lui Lampy, de surveiller la salle de séjour et de conduire le minibus alors qu'il n'était qualifié ni pour l'une ni pour l'autre de ces tâches, et probablement même pas assuré si on en arrivait là, mais James Grogan était issu d'une longue lignée d'escrocs, de prêtres aux sourires impeccables et aux souliers luisants, de politiciens, de commerçants, de commissaires-priseurs, de comptables, de propriétaires fonciers et d'entrepreneurs ; et Lampy n'avait pas un tel pedigree, pas la même auguste ascendance.

Bridie répondit. Pas de problème. Elle les préviendrait qu'il était en route. Lampy inspira, expira, et se détendit au volant. Une plaque de verglas scintillait çà et là sur la route, et le thermomètre du tableau de bord indiquait moins un, et Mrs Chambers fredonnait derrière lui, un bourdonnement mélodieux, une chanson familière dont il ne connaissait pas le titre ; dans le rétroviseur il voyait que ses yeux étaient fermés et que son mari regardait par la fenêtre en souriant tout seul, et sa tête à elle était inclinée vers lui de sorte que son front reposait presque sur son épaule, et ils étaient devenus gâteux tous les deux, il le savait, mais il aimait bien les regarder quand même. Comment peut-on se sentir, se demandait-il, quand on est au bord de la mort et qu'il faut encore vivre jour après jour comme si de rien n'était ? L'effroi surgit-il parfois, la terreur des derniers instants ? C'est de cela qu'il aurait le plus peur, ce moment de conscience ultime et totale, la constriction des poumons, le besoin brûlant d'air, ou le vacillement du cœur ou le claquement d'une artère à l'intérieur du cerveau ou bien l'instant où le cou se brise ou encore l'impact avec la pile du pont ou l'air qui fouette le visage quand on tombe ou la froideur de l'eau noire qui s'écoule de la ville et remonte vers sa propre source, son propre point de départ.

La fille des Chambers attendait à côté du minibus qui venait de se garer dans la cour de sa maison. D'énormes conifères bordaient l'allée et protégeaient le jardin des regards, et la façade était massive, en briques rouges et percée de nombreuses fenêtres. Un enfant d'une dizaine d'années se tenait devant la porte ouverte, sur les marches du perron. Lampy sortit pour aider au débarquement du couple et la fille le remercia ; jolie, mais l'air fatiguée, elle portait un sweat à capuche près du corps sur un jean moulant et semblait plus jeune que dans son souvenir. Elle avait une silhouette d'enfer, ce qu'il ne se rappelait pas avoir remarqué lors de leurs précédentes rencontres, chaque fois qu'il avait conduit ses parents chez elle ou qu'il était venu les chercher. Peut-être portait-elle alors des vêtements plus amples. Elle serrait les bras sous sa poitrine pour lutter contre le froid et quand elle lui dit, les yeux rivés à son T-shirt : Tu es chaud bouillant aujourd'hui, il mit un moment à comprendre ce qu'elle voulait dire ; ses vêtements n'étaient pas adaptés à ces températures hivernales, et elle le regarda une ou deux secondes de plus que l'usage ne le voulait. Il se demanda si elle faisait partie de ces femmes d'âge moyen dont les maris fortunés sont incapables de bander parce qu'ils sont trop stressés ou trop gros. Il sentit son membre durcir une fois de plus et fit descendre Mr Chambers un peu vite de la rampe avant de claquer derrière lui la porte coulissante.

Et enfin Lampy Shanley se retrouva dans un bus vide, et tout ce qu'il lui restait à faire était de retourner tranquillement au centre orthopédique pour attendre Mrs Coyne devant le service de physiothérapie ambulatoire, puis de faire un tour à l'unité d'hydrothérapie pour Mr Joyeux et Mr Latuile avant de récupérer les Chambers, et il ramènerait tout le monde à la maison de retraite, il garerait le minibus et laisserait un message pour les Grogan, expliquant que le van Mercedes était dans la cour de Sean Kelleher, et peut-être bien qu'ils le féliciteraient pour sa bonne gestion de l'incident, sa décision de ne pas les ennuyer avec ça mais d'appeler à la place Mickey Briars et de régler le problème de manière sensée et efficace. Enfin, il pourrait rentrer chez lui et vérifier l'huile, le liquide de refroidissement et le liquide de frein de la Civic, la nettoyer un peu à l'intérieur et vérifier combien de préservatifs il avait dans la boîte à gants, chier, se raser, prendre une douche en insistant bien là où c'était important, parce qu'il ne savait pas encore quel genre de trucs Eleanor pourrait inventer, avec quelles idées elle l'attendait, et il ressentit alors un pétillement de plaisir et s'étudia dans le rétroviseur, de face et de profil, et il avait l'air bien, comme un mec qui accomplit une bonne journée de travail et qui a une nuit bien remplie qui l'attend, et à ce moment-là il entendit, comme si elle était là dans le minibus avec lui, assise à ses côtés, balayant de la main les cheveux blonds qui lui tombaient devant le visage, plissant ses yeux bleu-vert, Chloe : Je suis désolée, Lampy, ce n'est pas toi, c'est moi, je ne t'aime pas, je ne t'aime pas.

Et il regarda ses mains sur le volant, le tableau de bord qui indiquait maintenant une température de moins trois degrés, puis la route gelée et déserte où la glace formait comme des joints entre les pierres du macadam, lissant la surface et lui ôtant toute adhérence pour les pneus usés du vieux minibus, et l'angle du pignon du vieux moulin apparaissait dans le virage devant lui, le V pointu du pignon, massif, ancien et obstiné, et il n'entendait plus le moteur, ni le sifflement des pneus sur la route, ni le vent qui soufflait à travers les joints racornis des portières ; il n'entendait plus que les battements de son cœur qui lui résonnaient aux oreilles, lourds et réguliers, un bruit de grosse caisse, et des deux côtés de la route les épines blanches lançaient leurs branches comme de longs doigts qui dépassaient des haies, pour l'accuser, ou se moquer, ou bien les deux, et les haies blanchissaient rapidement et au bord de la route l'herbe raidie s'étoilait de givre et le monde entier se figeait, sauf lui qui fonçait dans ce paysage immobile, le pied droit collé au plancher, entendant déjà Jim Gildea frapper à la porte de chez lui, prévenant Pop et sa mère qu'il y avait eu un accident, c'était Lawrence, il avait dérapé sur le verglas, le mauvais virage près du moulin, c'était un terrible accident, un terrible, terrible accident.

L'angle du pignon du moulin était encore à cent mètres. Et il vit sa mère qui le cherchait des yeux, installée à la fenêtre. Il la vit vieillir, rétrécir, se recroqueviller sur elle-même, il vit les rides lui creuser le visage. Il la vit à soixante-cinq ans, une mère en deuil depuis deux décennies. Ses cheveux devenus fins et blancs, remontés en chignon. Sa beauté disparue. Il savait qu'elle était belle : ses copains l'avaient assez chahuté là-dessus. Certaines de leurs mères étaient vraiment moches. La sienne prenait soin d'elle, fréquentait une salle de fitness, marchait et nageait. De temps en temps, elle sortait avec des hommes rouges d'embarras qui s'excusaient beaucoup. Il y avait aussi un médecin étranger à l'hôpital avec qui elle allait parfois se balader en voiture. Il réalisa qu'il en savait bien peu sur elle, malgré le temps qu'ils avaient passé l'un à côté de l'autre, toutes les nuits où il avait dormi niché tout contre elle. Il l'imagina disant : Ça fait vingt ans qu'il nous a quittés. Il la vit assise à table avec Pop, silencieuse, puis sans lui, disant : Pop ne s'en est jamais remis, tu sais. Ça l'a tué. Et son cœur à lui se calma, le bruit des pneus sur la route réapparut, et le grondement du moteur exténué et le sifflement du vent à travers les vieux joints des portières. Il leva le pied de l'accélérateur et freina légèrement dans le virage pour en sortir en douceur, et l'image du mur du moulin s'éloigna dans son rétroviseur et dans son esprit, et il se demanda s'il gaspillerait beaucoup de diesel en laissant le moteur tourner pour attendre ses passagers devant le centre d'hydrothérapie, parce que s'il le coupait il n'aurait pas de chauffage, et il n'avait que son sweat à capuche et pas de bonnet, et il se demanda pourquoi il s'inquiétait du diesel des Grogan, qu'ils aillent se faire foutre, mais c'était probablement par habitude parce qu'il s'inquiétait toujours de la jauge d'essence dans la Civic, pour savoir s'il aurait de quoi rentrer chez lui. Quand il était à sec, il utilisait généralement l'essence du jerrican que Pop gardait dans la remise, et lorsque son grand-père voulait ensuite remplir la tondeuse ou la débroussailleuse ou bien encore la tronçonneuse, il l'entendait jurer dans la cour et crier à la porte de la cuisine : Hé, couille molle, t'as encore utilisé ma réserve d'essence ? Lampy riait toujours à ces mots, « couille molle », la pire insulte de Pop, celle qu'il n'employait que pour les plus terribles des offenses, et il allait alors à pied jusqu'à la station-service pour remplir le jerrican et à son retour Pop le lui arrachait des mains et l'appelait P'tit con mais il s'était calmé entre-temps, il avait profité de son absence pour couper les roses fanées ou arracher les mauvaises herbes, ou bien il avait observé un épervier dans les champs, haut dans le ciel et immobile, les ailes déployées, prêt à se laisser tomber comme une pierre pour soustraire une petite créature à la terre.

JOHN

Dieu est là. Dieu est là maintenant, vous Le voyez ? Je sais que c'est seulement Vénus, mais je peux aussi bien l'appeler Dieu, une boule de feu parfaite qui s'épanouit dans le ciel au-dessus de nous en adressant un clin d'œil à la lune aujourd'hui levée tôt. Si Dieu est tout, autant que ce soit Lui là-haut quand je lève les yeux, Sa présence irradiant toute cette blancheur éclatante autour de lui. Les musulmans disent que tout est divin, la moindre petite chose misérable, banale ou magnifique, et qui suis-je pour argumenter, après tout ce que j'ai fait ? Le givre Le rend plus lumineux. Je pourrais dire que je ne suis qu'un instrument de Sa toute-puissance, un objet délabré et assailli par le Destin. Je pourrais dire qu'aucune importance ne doit être accordée à ma personne, à mes pensées ou à mes actes ; je ne suis qu'un acteur qui a appris par cœur puis récité les répliques qu'on lui a données. Seigneur Dieu, j'aimerais que cela soit vrai, car alors il n'y aurait pas besoin de confession, et nous pourrions nous reposer ici et nous tenir compagnie en paix.

J'étais si résistant et si fort. Je n'ai plus désormais de rigueur qu'en pensée. Cette place tremblante que j'occupe, cette faible république, va bientôt tomber. Je dois dire certaines choses avant de partir. Je sens le souffle des anges sur ma nuque. Leur souffle est fétide. Ils appartiennent à l'autre légion, je dirais. Ô mon père. Mon père. Voulez-vous entendre ma confession ? Si je vous la chuchote, l'entendrez-vous ? Je ne connais plus le rituel, les mots qui, autrefois, étaient gravés dans mon esprit, se détachant en relief chaque fois que je fermais les yeux. J'avais toujours si peur de les dire de travers, voyez-vous. Un solécisme dans mon discours devenait un erratum sur un parchemin céleste, ou du moins le croyais-je, et me vaudrait d'être écorché à jamais dans les feux de l'Enfer. Ô Seigneur Dieu, les choses auxquelles j'ai cru. Lors d'une de mes premières confessions, peut-être même était-ce la toute première, je fus incapable de me remémorer l'acte de contrition. Allons, avait dit le prêtre, je n'ai pas toute la journée. Récite-moi l'acte de contrition. Et je me taisais, j'étudiais le sol devant mes genoux et le bout de ses chaussures noires et brillantes. Il était assis au bout d'un banc et j'étais agenouillé dans l'allée latérale de l'église Ardnamoher, à un jet de pierre de mon école primaire, non loin de la maison de mon père. Nous n'avions pas de confessionnal à cette époque. Des années plus tard j'ai payé pour en faire installer, de lourds dispositifs en acajou avec un grillage opaque entre les compartiments, un rembourrage pour les genoux du pénitent et un siège confortable pour le cul du confesseur. Mais ce prêtre ne pouvait pas savoir que je serais un jour anobli, et il était vieux et grincheux, quoique pas méchant. Je croyais qu'on vous enseignait tout cela à l'école ? Oui, mon père, ai-je chuchoté. Qu'est-ce que tu dis ? Oui, mon père. Pourquoi ne le récites-tu pas, alors ? Je ne sais pas, mon père, je ne m'en souviens pas. Tu ne t'en souviens pas, ma foi. Peut-être n'as-tu pas écouté quand on vous l'a enseigné. Et peut-être vais-je devoir en toucher un mot à Miss Fahy. Maintenant, je te laisse une dernière chance.

Mais pas un mot de l'acte de contrition ne me revenait à l'esprit. Et je l'avais pourtant si bien chanté à l'école quelques heures seulement auparavant, avant qu'on nous accompagne jusqu'à nos pénitences. Son gros visage rouge et sa mâchoire grisonnante, sa soutane noire et ses chaussures cirées, l'odeur fermentée qu'il dégageait, lourde de relents alcoolisés, tout conspirait à me rendre muet et à me paralyser. Et il n'était pas du genre à me souffler les premiers mots, même si je savais que les entendre me permettrait de dire la suite distinctement, sans hésitation ni pause ou tremblement. Eh bien, si tu ne peux pas me donner un acte de contrition, je ne peux pas te donner l'absolution, dit-il, et tu vas donc devoir quitter cet endroit encore lourdement chargé de tes péchés. Vas-y maintenant, lève-toi, retourne auprès de tes camarades de classe et vois comment ton fardeau te pèse. Et je pensais aux commandements que j'avais enfreints, et j'étais incapable de regarder en face le Christ souffrant tandis que je m'agenouillais aux côtés des autres pénitents qui avaient récité leur acte de contrition par cœur et dit la vérité, et j'ai donc gardé la tête basse pour éviter le visage agonisant du Fils de Dieu, la vue de son corps abîmé et percé de clous, et j'ai bougé les lèvres comme pour réciter mes prières d'expiation, et j'ai pensé que j'ajoutais le péché aux péchés en m'agenouillant là, en faisant semblant d'avoir été pardonné, et j'ai attendu que la main poilue du vieux prêtre se referme sur le dos du col de ma chemise et m'entraîne au-delà de la porte de l'église dans la cour gelée.

Assez de tout cela, de terreur enfantine et d'ancienne ineptie. Je vous chuchoterai mes péchés et vous pourrez les entendre, enfin, ce confessionnal est spacieux et confortable, pas comme les cercueils verticaux que l'on voit parfois, et le silence autour de nous est profond, et ce silence semble avoir un sens, l'immobilité d'un souffle qu'on retient dans l'expectative, une pause pour chercher le mot juste, le geste de consolation, le sourire ou le signe de tête encourageant. Bénissez-moi, mon père, parce que j'ai péché. Je vous les dirai dans l'ordre, un par un, et la liste est courte, bien que chacun puisse être constitué de cent éléments ou plus.

Ceci n'est pas la confession de mon père mais la mienne, et ce que je vais raconter ici ne vise pas à l'atténuer mais simplement à expliquer certaines choses. Mon père a perdu son fils aîné, son préféré, et peu après il a commencé à acheter des terres. Comme s'il fallait faire de la place à toute l'ampleur et l'étendue de sa douleur. Il aurait acheté le monde si on le lui avait offert, et il l'aurait laissé vacant et en jachère. Il a repoussé les limites de notre ferme sur les flancs de la vallée jusqu'au sommet et aussi sur tout l'autre versant, à travers la route principale et la tourbière d'Annaholty jusqu'au pied de Keeper Hill. Il a acheté des champs de terre riche et profonde et des prés verts destinés au pâturage, il a acheté des hectares de broussailles rocheuses et de ronces, il a acheté des parcelles marécageuses sans valeur dans la plaine inondable de la Dead River entre Keeper Hill et le mont Mother. Il assistait à toutes les ventes aux enchères, et les hommes en le voyant venir levaient les yeux au ciel et jetaient l'éponge ; ils savaient qu'avec lui il leur était impossible de surenchérir. Les neveux de vieux célibataires défunts, peu intéressés par leurs biens, étaient assurés d'une vente rapide payée un bon prix. Je l'ai observé un jour accoudé au comptoir d'un pub près de Newport, buvant whisky sur whisky avec un homme dont la langue devenait pâteuse et les yeux rouges et vitreux. Je l'ai vu déposer une pile de billets de banque, les tapoter du doigt deux fois et les pousser sous le nez de l'homme ivre. J'ai vu l'homme ivre tendre la main et dire à mon père qu'il était un gars honnête, puis porter un toast à sa santé. Et mon père a souri et passé la main dans le dos de l'homme avant de se détourner du comptoir et de son verre vide pour retourner à sa demi-vie d'égarement affable et silencieux.

Un jour, des années plus tard, un homme m'a fait visiter les coffres d'une banque en me disant qu'il ne croyait pas en Dieu. Un homme trapu mais beau à sa façon, avec des cheveux argentés, un regard franc et un sourire charmeur. Il a déposé de l'or au creux de ma main, cet étalon brillant, un beau lingot, et j'ai senti sur ma peau sa fraîcheur qui se répandait en moi. La science dirait le contraire, que la chaleur de mon corps aurait dû réchauffer le métal là où je le touchais, mais l'or a ses propres règles, semble-t-il. Je lui ai demandé combien valait le lingot, il m'a dit : Quarante mille livres, et je le lui ai acheté sur-le-champ. J'ai payé ce petit alchimiste par chèque et son sourire est resté le même tandis qu'il pliait le morceau de papier et me remettait mon or dans un petit sac fermé d'une cordelette. J'ai gardé le lingot dans une mallette avec serrure à combinaison elle-même rangée dans un coffre-fort scellé au sol de mon bureau, ancré dans le béton. Je le sortais de temps en temps, je le plaçais sur ma table de travail, je croisais les doigts et je le regardais. Quelle que soit la lumière, l'or brillait toujours. Je posais parfois mon visage dessus, et j'y pressais ma joue, et je me disais que si quelqu'un me voyait on me prendrait pour un fou, courbé et voûté dans mon costume gris, mais la pièce n'avait pas de fenêtres et la porte était toujours fermée à clé. Je m'émerveillais à chaque fois de la fraîcheur du métal, de la manière dont son aspect froid démentait sa malléabilité, sa nature ductile.

Souvent, je prenais cet or et je le nichais au creux de mes mains en coupe, je le soulevais et je fermais les yeux, et j'imaginais l'intercession que je souhaitais, la petite variation que je désirais, et quand je rouvrais les yeux il y avait entre mes mains un veau gravé par quelque magie de l'or, placide et bien dessiné, luisant dans cet endroit sans lumière. Et bien souvent mon vœu se réalisait. Que pensez-vous de cela ? Tout l'or du manteau et de la croûte terrestre est tombé des cieux. C'est un fait. Il est arrivé il y a quatre milliards d'années, projeté depuis les ténèbres, depuis le vide entre les étoiles.

Mon frère s'appelait Edward. Ô mon père, si vous l'aviez vu. Il était beau, même moi je le savais, et je n'étais qu'un vilain canard gris trébuchant dans un coin du domaine sur lequel il régnait, l'adorant de loin. Je savais que mes parents l'aimaient plus que tout et cela m'était égal ; d'ailleurs comment aurait-il pu en être autrement ? J'ai toujours vu les choses que les gens pensaient avoir réussi à cacher ; j'avais un don diabolique pour cela. Edward était de six ans mon aîné et il était toujours bon avec moi comme il l'était avec le petit Henry, avec Julie et avec Connie, qui avait trois ans de moins que lui et qui l'adorait comme moi, mais avec une intensité plus fervente, un amour étrange et dérangeant. Elle le suivait de pièce en pièce et le couvait des yeux, assise en silence, faisant semblant de lire pendant qu'il étudiait ou écoutait la radio, mais je savais qu'elle le regardait, lui et ses lèvres qui bougeaient quand il lisait, une habitude qu'il avait, comme s'il n'était pas un grand lecteur – et pourtant il se plongeait dans des livres que mon père n'aurait pas pu lire, sur la science et l'histoire et tous les événements du passé et la façon dont les gens vivaient dans des régions reculées du monde –, ou bien il riait ou sifflait d'étonnement en entendant quelque chose de drôle à la radio ou de choquant aux informations, et Connie demandait : Quoi ? Qu'est-ce qu'il y a ? Alors il lui expliquait, patiemment, la chose dont il avait ri ou qui l'avait étonné, et elle disait : Oh, c'est vraiment drôle, Ed, ou bien : C'est vraiment intéressant, Ed, et Julie, Henry et moi cachions nos sourires derrière nos mains et elle nous pinçait si elle nous attrapait et nous ordonnait de quitter la pièce, nous dérangions Edward et ce n'était pas bien.

Je ne pense pas que mon frère Edward ait été capable de commettre un péché. La manière qu'il avait de jouer au hurling et au football faisait monter les larmes aux yeux des vieux. Il apprenait l'irlandais comme un autre aurait appris à fixer l'appât d'un hameçon ou à lancer une balle de hurling ; par sa force, ses manières et son érudition, c'était un vrai Gaël. Ses professeurs étaient presque jaloux de lui. Un jour, nous sommes allés à Thurles pour la finale du comté ; nous étions dans la voiture de tête, papa, Edward, le capitaine et moi, avec les crosses de hurling dans un sac de toile de jute, et je l'ai regardé pendant tout le trajet en lacets jusqu'au stade Semple. Il se contentait de me sourire ici et là et de me donner une petite tape sur la jambe ou un léger coup de poing sur le bras, pour rire. Il était calme et j'ai pensé qu'il devait être nerveux. L'attente devait lui peser, même si personne ne l'aurait deviné sans le connaître comme je le connaissais moi, avec toutes ses petites manies, ses tics et sa façon de parler et de se taire. Ce jour-là, il a joué comme sous l'effet d'un don surnaturel ; il a marqué tous les points et a été applaudi et acclamé, même par l'équipe adverse, et dans la voiture sur le chemin du retour il est devenu pâle, le visage d'un blanc maladif, et il a dit à mon père qu'il ne se sentait pas bien. Mon père lui a demandé s'il voulait qu'il s'arrête et Edward a dit non, ça allait, et mon père lui a dit de ne surtout pas hésiter. Tu as joué tes tripes aujourd'hui, mon fils ! Je comprends sans peine que tu te sentes un peu malade.

Quand nous sommes arrivés dans la cour de la maison, les jambes d'Edward l'ont trahi alors qu'il descendait de voiture et il est tombé sur les dalles et il est mort dans sa chute. Les battements du cœur sont alimentés par une petite étincelle qui brûle en son sein. Les médecins ne savent pas tout de son fonctionnement et encore moins de son extinction soudaine et aléatoire, mais il arrive qu'elle vacille et faiblisse sans avertissement dans le cœur de jeunes gens en bonne santé. C'est ce qui est arrivé à Edward : pendant tout ce long trajet pour rentrer à la maison après la finale du comté, la petite flamme n'avait cessé de s'éteindre et de se rallumer, comme si l'obscurité et la lumière se faisaient la guerre dans sa poitrine. Et à la fin, alors que notre Edward descendait de voiture et que ma mère regardait par la fenêtre de la cuisine avec un sourire de bienvenue déjà sur les lèvres, l'obscurité l'a emporté. Cette nuit-là, mon père resta dehors dans la cour pour hurler des malédictions au ciel, et ma mère demeura assise avec son chapelet, livide, sur une chaise à côté du lit d'Edward. Moi je me suis glissé à l'étage et agenouillé sur le sol à l'extérieur de cette pièce sacrée et j'ai répété mot pour mot les malédictions de mon père, et je les pensais, jusqu'au plus profond de moi-même. J'ai maudit, blasphémé, juré et hurlé contre Lui, et jamais encore je ne m'en suis repenti. Le Seigneur ne me laissera pas impuni, mon père, n'est-ce pas ? Ce Dieu qui négocie sans fin, qui exige des comptes méticuleux.

Le Seigneur ne me laissera pas impuni car j'ai invoqué Son nom en vain. Et jamais de la manière désinvolte du profane irréfléchi, qui jure devant la trajectoire d'un ballon, une carte retournée ou quelque soudaine mésaventure : moi, je m'en suis délecté ; je savais ce que je disais, ce que je faisais. Les choses que certains hommes lâchent sans réfléchir, par habitude, je les disais avec une intention mauvaise, et avec ravissement : Dieu, que le Diable T'emporte. Maudit sois-Tu mon Dieu. Maudit sois-Tu. Vous savez comment ça finirait si je continuais. Je détestais ce Dieu jaloux qui faisait payer les iniquités des hommes à leurs enfants jusqu'à la troisième et la quatrième générations, alors même qu'Il faisait preuve de miséricorde envers des milliers d'autres, envers tous ceux qui L'aimaient et respectaient Ses Commandements.

Je L'ai vu dispenser l'iniquité ; Il l'a fait dans la cour de mon père, sous mes yeux.

C'est un dimanche que mon frère est mort et jamais plus le dimanche n'a été sanctifié. Mon père continuait d'aller à la messe et d'observer les jours de fêtes religieuses, et il laissait des billets pliés dans le panier de la quête pour les prêtres de la paroisse et l'entretien de l'église, et ma mère accomplissait son devoir sans relâche et restait toujours à ses côtés, ou un demi-pas derrière lui, mais à l'intérieur des limites de notre ferme il n'y avait plus de Dieu ; Il avait été chassé, expulsé, et tous Ses pieux accessoires avaient été détruits. Les statues moulées ou sculptées en pierre ou en argile avaient été réduites en miettes sur les dalles de la cour. Les images du Sacré-Cœur avaient été arrachées de leurs cadres et ces cadres taillés en pièces pour en faire du petit bois, puis images et cadres avaient été empilés et brûlés. Les mêmes flammes lécheront un jour ta chair pour l'arracher à tes os, dit ma mère à mon père alors qu'il alimentait le feu de joie, et ta chair repoussera pour être écorchée à nouveau, encore et encore, pour l'éternité. Je m'en moque, lui répondit mon père, je m'en moque. Et ma mère n'ajouta rien, elle retourna à sa cuisine et à ses corvées, pâle et courbée de chagrin.

C'est ainsi que j'ai suivi l'enseignement qui m'était donné et que je n'ai plus jamais respecté le jour du Seigneur, pas plus que je ne l'ai sanctifié. J'ai toujours travaillé six jours par semaine, toute ma vie, et accompli toutes mes tâches, mais le septième jour je l'ai gardé pour moi seul, pour mes intérêts particuliers. En vérité, c'est le septième jour de chaque semaine que j'ai fait la meilleure part du labeur de ma vie, et ma femme, mes filles, tous les hommes et toutes les femmes qui ont travaillé pour moi et tous les étrangers qui se trouvaient près de moi étaient forcés à l'action ce jour-là, réveillés tôt et mis au travail. Le Seigneur s'est occupé de faire les cieux, la terre, la mer et tout ce qui s'y trouve et Il s'est reposé le septième jour, et donc Il a béni le dimanche et l'a sanctifié, et moi j'ai gardé mes pires excès pour ce jour-là.

Je ne suis pas resté longtemps sur les terres que mon père avait achetées. Je ne l'ai jamais honoré, pas plus que je n'ai honoré ma mère. Et pourtant, j'ai essayé par tous les moyens d'être un fils parfait. J'ai travaillé dur pour apprendre mes leçons et j'ai lu tous les livres qu'Edward avait étudiés et annotés avant moi, même si je ne comprenais rien à certains d'entre eux, et j'ai pratiqué mon gaélique et mon latin, je me suis entraîné au moins une heure par jour au hurling sur la piste, en lançant très haut la petite balle en cuir et en courant pour la rattraper jusqu'à ce que je m'effondre, épuisé, à la fin de l'heure sur la terre riche et couverte d'herbe drue. Je me souvenais d'Edward jouant au hurling et de mon père hurlant, invectivant et se précipitant sur la ligne de touche, menaçant les arbitres et cassant les crosses en deux dans sa frustration, sa colère ou sa joie.

Quand je jouais, il regardait en silence. Que je gagne ou que je perde, il l'acceptait sans rien dire. De temps à autre, il posait une main dans mon dos quand je sortais des vestiaires et que nous marchions vers la voiture, et mon cœur s'envolait. Mais je me demandais s'il faisait cela seulement pour être vu des voisins, et dans le doute je me raidissais et il retirait sa main.

Plus j'étais attentif à sa présence sans passion, loin du bord du terrain, les mains dans les poches de son manteau ou les bras croisés, plus je me concentrais sur ce que je faisais. Ainsi, mon jeu n'est jamais devenu naturel, et ma résolution ne se traduisit que par d'ineptes erreurs successives. Je tâtonnais, je trébuchais, je lançais sauvagement et me protégeais par réflexe quand j'aurais dû tenir bon, comme Edward l'aurait fait. Assez vite, je me suis trouvé sur le banc des remplaçants, jamais appelé, puis je n'ai plus joué aucun match, et pour finir je n'ai même pas été sélectionné pour ce qui aurait été ma deuxième année en tant que joueur de moins de seize ans. Et j'étais soulagé. Je n'aurais plus jamais à m'asseoir à côté de mon père dans la voiture sur le chemin du retour avec le fantôme de mon frère Edward installé dans le silence entre nous.

Je n'avais pas une once du courage d'Edward, même si j'essayais sans relâche de me forcer à l'audace. Un jour, mon père m'a amené en ville pour l'aider à clouer des affiches électorales sur les lampadaires. Il faisait tout son possible pour qu'un homme appelé John Joe Burke soit élu à un siège laissé vacant par la mort inattendue d'un vieux soldat du destin qui avait occupé cette place toute sa vie. Le vieux combattant n'avait pas de fils à faire élire, et sa fille n'avait pas la réputation qu'il fallait – son nom ne fut même pas mentionné. Mon père voulait qu'un mandataire occupe le siège ; il s'inquiétait ces temps-ci de la menace que représentait le droit de préemption, du coup d'arrêt que cette mesure pourrait donner à l'extension de ses terres, et on pouvait compter sur John Joe Burke pour faire échouer tout projet de route ou de chemin de fer ou de lotissement sur la vaste plaine languissante de mon père.

J'avais treize ans, les jambes longues et l'allure dégingandée, et j'étais sujet à de violentes rougeurs et à des bégaiements insurmontables lorsque quelqu'un d'autre que ma mère m'adressait la parole. J'étais fort, pourtant, avec de larges épaules et de grandes mains, et tout à fait apte à travailler bien que lent et maladroit – j'avais eu une poussée de croissance soudaine cet été-là et je ne l'assumais guère. J'étais monté sur une échelle au bout de Silver Street, qui donnait sur la place du marché. Deux hommes se tenaient près de la balustrade devant la banque, à l'angle opposé, et l'un d'eux me faisait face de l'autre côté de la rue, un pied sur la barre inférieure et les coudes posés sur celle du haut. Son camarade, qui était adossé à la balustrade, regardait s'activer mon reflet dans la haute porte vitrée de la banque. À part eux et moi, il n'y avait personne dans aucune des quatre rues qui convergeaient à cet endroit.

C'était un samedi de septembre, le soleil était à peine levé. J'étais perché sur l'avant-dernière marche de mon échelle, fier de mon audace, martelant joyeusement mon affiche. Je pensais qu'ils allaient rester à observer mon œuvre avec un sourire narquois à la manière, que je connaissais alors déjà, de tous les types qui traînaient au coin des rues, jusqu'à ce que celui qui avait le pied sur la balustrade commence à parler, assez fort pour que je l'entende clairement. Tu te souviens de cette histoire, demanda-t-il à son ami, à propos des trois petits républicains qui posaient des affiches là-haut vers Drumcondra, à la toute fin de la guerre civile ? Je m'en souviens, répondit l'autre après avoir accordé quelques secondes de réflexion à la question, c'est le frère Frank qui nous avait tout raconté, que Dieu le garde. Est-ce qu'ils n'avaient pas à peu près l'âge de ce garçon là-bas en haut de son échelle ? Je dirais que si. Est-ce que c'est Charlie Dalton de l'IRA qui les a abattus ou bien quelqu'un d'autre ? C'était Charlie Dalton, c'est ça, un gars de la troupe de Michael Collins. Il les a criblés de balles qui venaient d'une arme confisquée, ces pauvres andouilles !

Ils ont tous deux éclaté d'un rire gras et le premier qui avait parlé s'est raclé la gorge et a craché sur la route, et quand j'ai baissé les yeux vers eux j'ai vu dans la porte vitrée de la banque le reflet de celui qui me tournait le dos, tirant lentement de l'intérieur de sa veste quelque chose de long, de sombre et de métallique. Mon souffle s'est bloqué dans ma gorge et mes articulations ont soudain blanchi tant je serrais férocement le manche de mon marteau et le bord supérieur de l'échelle. J'ai senti une onde de chaleur au niveau de mon entrejambe ; la peur m'avait fait perdre le contrôle de ma vessie. Ces hommes allaient me mettre en joue, comme les petits gars de Dublin quelques années plus tôt, et mon père était dans une autre rue loin de la mienne et ma mère était à la maison en train de préparer des tartes, une armée de saucisses et de tranches de lard déjà prêtes sur le gril chauffant pour le petit-déjeuner que je ne mangerais jamais.

C'est alors que mon père a traversé la rue depuis le seuil des pompes funèbres O'Halloran, d'où il avait dû observer la scène pendant tout ce temps. À sa vue mon jeune cœur s'est mis à chanter puis dans la même seconde il a craint qu'il soit tué à ma place et il s'est brisé dans celle qui a suivi lorsque j'ai réalisé que j'étais un lâche. Le visage de mon père était rouge et frémissant de fureur ; il serrait les poings. En le voyant apparaître sans prévenir, l'homme appuyé de face sur la balustrade se redressa d'un coup, les yeux écarquillés sous le choc. Espèces de petites ordures. Je vous ai entendus, saloperies de voyous, essayer d'effrayer le gamin. Celui qui nous tournait le dos a alors fait volte-face et ce qu'il avait à la main n'était qu'une longueur de tuyau de cuivre tordu sur lui-même à une extrémité, pas du tout un pistolet. En un éclair mon père le lui a arraché et a pris son élan en étirant derrière lui son bras musclé avant de le frapper en plein visage. Un craquement aigu a résonné sur les façades de l'ancienne place du marché lorsque le nez de l'homme s'est cassé en deux. Et puis le bras de mon père a encore frappé et l'autre homme s'est pris le tuyau dans les dents et mon père rugissait toujours : Espèces d'ordures, espèces d'ordures, et il se penchait sur le type au nez cassé qui gisait maintenant à terre, recroquevillé sur le côté avec les mains au-dessus de la tête et les genoux remontés contre la poitrine, et le bras robuste de mon père allait toujours de haut en bas, de haut en bas, et l'homme avec la bouche en sang criait : Ce n'était qu'une blague, ce n'était qu'une blague, mon Dieu, arrêtez, et ses mains étaient levées en signe de reddition, et ses paroles sortaient de sa bouche avec un son humide et son visage et ses mains étaient couverts de sang.

Et alors le démon au visage rouge et au poing furieux qui avait pris la place de mon père si calme et résolu est venu se planter au pied de mon échelle, ses yeux étincelants rivés à la tache honteuse qui s'étalait sur le devant de mon pantalon, et quand il a tendu vers moi une main aux articulations ensanglantées pour m'aider à descendre, j'ai su au fond de mes tripes retournées et de mon cœur fiévreux qu'il avait à cet instant la preuve de ce qu'il avait toujours soupçonné à mon sujet avec le secret espoir d'avoir tort. Et dès lors il s'éloigna de moi ; tout espoir était perdu. Je n'ai pas honoré cet homme, ni ce jour-là ni aucun autre jour par la suite. Et je n'ai pas non plus honoré ma mère. Elle m'a fait don de tout son héritage le lendemain de l'enterrement de mon père et moi j'ai tout vendu, que Dieu nous aide, par parcelles et par lots mais rapidement, jusqu'au dernier hectare abandonné de Dieu.

Le froid ralentit le sang. L'immobilité aggrave les choses. Un homme a besoin de se déplacer pour ranimer sa circulation, de marcher et de taper du pied, emmagasinant ainsi de la chaleur dans ses muscles. Il n'y a pas beaucoup de place pour cela dans cette boîte. Mes jambes n'en ont plus la volonté de toute façon. Si vous êtes la voix et la main de Dieu sur terre, vous donnez une impression assez juste de Sa personne ; vous êtes aussi silencieux que Lui et aussi sombre. Je me demande si vous m'entendez, ou même si cela a de l'importance. N'est-ce pas ma contrition qui compte, mon rejet de moi-même, ma prosternation devant la possibilité d'une miséricorde ? Il y a deux choses dont je n'ai jamais pu parler : les regrets et l'amour. Vous êtes un intermédiaire glacial, mon père, et c'est peut-être mieux ainsi. Je me demande même si je suis vraiment en train de parler. Et le cas échéant si je vais persévérer ; raconter ces histoires, c'est m'enlever quelque chose, une chose à laquelle je ferais aussi bien de renoncer, une chose que j'ai gardée pour moi trop longtemps.

Puisque je vous ai parlé de mon frère Edward, autant vous parler aussi de ma sœur Connie. La douleur causée par sa mort l'avait rendue mauvaise. Pourquoi tu pleures ? m'avait-elle vociféré à l'oreille devant la tombe d'Edward, tandis qu'il disparaissait à nos yeux dans la terre béante qui l'attendait. Tu le connaissais à peine. Et quand je l'ai regardée, j'ai vu ses yeux aussi noirs que ses habits de deuil, la rage et le chagrin qui coloraient de blanc tout son visage. Le contraste était violent, et mon choc aussi ; ses mots m'avaient atteint comme un coup de fouet. À quatorze ans c'était déjà une femme, et j'ai remarqué alors pour la première fois à quel point elle était belle et élégante avec ses cheveux d'ébène, et dangereusement proportionnée. J'ai fait cesser mes larmes et j'en ai eu honte. Je les ai effacées de mon visage et je n'en ai plus versé pour mon cher frère ce jour-là. Elle n'avait de considération pour aucun d'entre nous, ni pour ma mère, ni pour mon père, ni pour mon autre sœur Julie, qui avait un an de moins que moi, ni pour mon petit frère Henry, qui était arrivé après nous comme une arrière-pensée, petite incarnation silencieuse d'une courte renaissance des sentiments de mes parents l'un pour l'autre. Il était toujours effrayé, avec sa petite taille et sa façon de se faufiler à l'abri des regards, vivant en arrière-plan tel un léger bruit de fond derrière le bourdonnement et le brouhaha incessants de la vie, même celle réduite et troublée que nous avons vécue après Edward, comme s'il voulait s'excuser de son existence accidentelle. Connie nous a tous fait souffrir, mais Henry plus que les autres. Elle l'a torturé. Et je l'ai laissée faire, avec joie.

La mort d'Edward éteignit la petite flamme ranimée entre mes parents qui avait conduit à l'apparition du pauvre Henry sur cette terre. Je crois que leurs yeux ont cessé de se voir à partir du jour où ils marchèrent main dans la main depuis The Height et où leur fils a été descendu dans la terre éventrée, se contentant dès lors d'exister silencieusement l'un près de l'autre pendant la moitié d'une vie, tournés vers l'intérieur. Il y a bien eu quelques étranges explosions, comme le jour où je clouais des affiches à Nenagh – vous ai-je déjà raconté cette histoire ? –, ou bien la fois où ma mère a eu des mots avec un jeune vicaire venu à la maison un dimanche soir sans y être invité, peu après la mort de mon frère, pour offrir le réconfort de son ministère. Il avait jeté un coup d'œil, puis un second, vers le carré de mur immaculé où avait jusque-là été accrochée l'image du Sacré-Cœur et finalement, n'y pouvant plus, il avait demandé pourquoi le tableau avait été enlevé, et ma mère avait dit qu'elle ne supportait pas qu'un juif lui ricane au visage. Alors le vicaire s'était levé en criant : Dieu vous pardonne, femme, pour ce que vous avez dit, vous devriez avoir honte, il n'existe pas de douleur assez grande pour autoriser ce genre de discours dans la bouche d'un chrétien, et ma mère avait calmement répondu qu'elle n'avait pas besoin de pardon, encore moins venant d'un morveux comme lui, et qu'elle lui défendait de remettre les pieds chez elle.

Connie a donc eu les coudées franches pour cavaler dans la maison, organiser et diriger et crier et acculer Henry chaque fois qu'il entrait dans son champ de vision pour lui dire qu'il n'était rien, juste un fardeau pour toute la famille et une gêne et un chiot boiteux qui aurait dû être noyé à la naissance sauf que maman et papa n'avaient pas osé et ne regrettaient-ils pas leur stupide bonté maintenant qu'ils devaient le voir ramper comme un insecte immonde ? Et Henry ne répondait rien, jamais, il tressaillait seulement, les yeux fermés, les épaules si hautes et si crispées qu'il semblait tenter de rentrer dans son corps sa tête tout entière, à la manière d'une tortue. Il sortait un coude en guise de défense passive et inefficace, les lèvres pincées sur ses petites dents blanches dans une pénible grimace. Moi je regardais la scène avec jubilation tandis qu'elle le disséquait vivant. Dans mon esprit d'enfant je n'avais pas de frère, seulement Edward ; Henry était un imposteur, une aberration, il ne méritait pas de vivre. Chaque nuit je faisais le souhait qu'Edward ressuscite et que sa place sous la terre soit prise par Henry, ou alors que le temps se replie sur lui-même et que la petite flamme vacille dans le cœur d'Henry et non dans celui d'Edward. Dans mes prières, je promettais des offrandes votives, de toutes sortes et de toutes tailles, s'il m'était donné de me réveiller un matin au son d'une balle en cuir lancée contre le mur du fond de la grange.

Quand il arrivait qu'elle se retrouve entièrement responsable de nous, Connie nous réunissait dans le salon, Julie, Henry et moi, sur le canapé vert aux pieds de bois sculptés, et elle fermait les rideaux de mousseline pour que la lumière jaune et aqueuse du soleil se répande sur nos têtes et elle se tenait debout devant nous pour déverser son mépris et sa fureur. Non mais regardez-vous. Putains de têtes de navets. Dieu merci, je n'ai pas de lien de parenté avec vous. J'ai été adoptée, vous savez. Un ami de papa qui travaille pour le gouvernement a téléphoné un jour pour savoir si maman et lui viendraient nous chercher, Edward et moi, dans le château de nos vrais parents, sur le flanc d'une montagne en Bavière. Je n'étais alors qu'un nouveau-né. Notre vrai père était un archiduc et notre mère une princesse russe. Ils se sont battus contre Hitler et ont été capturés et envoyés dans un camp de travail. Leurs serviteurs nous ont cachés dans leur village. Vous n'avez rien de commun avec nous. Sales petits morveux. Sales punaises d'Irlandais.

Et Julie ouvrait de grands yeux et pouffait de rire en posant une petite main sur sa bouche pour se contenir, et Connie lui donnait un coup de pied de plein fouet dans le tibia ou giflait son joli visage ou lui pinçait la peau tendre de l'aisselle et la faisait crier avant que la douleur soudaine ne la rende muette, choquée, et ne lui laisse de souffle que pour une expiration silencieuse. Alors, d'un doigt aristocratique, Connie frappait sauvagement la petite poitrine creuse et faible d'Henry et lui disait : Tu as tué mon frère, petite créature dégoûtante, il te portait sur ses épaules le matin de la finale, sale bête, il a épuisé son cœur en te portant dans la cour ce matin-là pour te faire plaisir et toi, tu criais de joie comme un porcelet et tu lui as pissé dans le dos, espèce de petite ordure d'assassin, tu as tué le fils d'un archiduc de Bavière qui s'est battu face aux nazis et tu le paieras très cher un jour.

Et puis elle se redressait de toute sa taille, et il y avait un voile de lumière tamisée autour d'elle qui la rendait encore plus surnaturelle, des poussières dansant autour de sa tête comme des fées inquiètes, et elle nous observait en silence : Henry en larmes, Julie massant son tibia ou son avant-bras, le souffle court, avec son petit dos étroit qui tremblait, et pour finir le regard de Connie tombait sur moi. Et toi, le changelin. Tu es le Mal incarné. Je t'ai vu depuis la fenêtre de la cuisine ce jour-là, quand papa est entré dans la cour. Tu es sorti de la voiture et tu as enjambé Edward qui gisait mourant et tu l'as à peine regardé. Tu sentais l'odeur du dîner qui t'attendait sur le feu et tout ce que tu voulais c'était te remplir la panse, espèce de saleté, de merde, de rat sorti de l'Enfer, tu n'as ni cœur ni âme et un jour, bientôt, tu retourneras en Enfer, là où tu dois être, et le Diable te plantera dans le cul une grosse fourche à rôtir.

Mais je savais comment lui tenir tête. J'appréciais ces discours dans le salon. Ça l'affligeait. Elle pouvait me dire ce qu'elle voulait parce que je savais la vérité sur qui j'étais et ce que je ressentais ; Julie et Henry n'avaient pas la même perception d'eux-mêmes. Ça m'excitait qu'elle flétrisse leur âme, je buvais leur sang. Même si je finissais malgré tout par me lasser et par rompre le charme : Va te faire foutre, Connie, tu n'es pas une princesse allemande, tu n'es qu'une grosse génisse irlandaise. Edward et moi, on te traitait toujours de grosse vache dans ton dos et on se moquait de ton gros cul. Et elle me tombait alors dessus en furie, m'égratignant, me mordant et me giflant de toutes ses forces, grognant, crachant et m'arrachant des touffes de cheveux, et Julie et Henry s'éloignaient de la mêlée pour se réfugier dans leur chambre où ils se recroquevillaient en boule, se plongeaient dans leurs livres et serraient leurs peluches contre leur cœur. Et je me protégeais les yeux avec mon avant-bras pour qu'elle ne puisse pas m'aveugler et je la laissais s'épuiser. Je ne sais pas quel nom vous donneriez à ce péché, ne jamais avoir pris soin du petit Henry, mais il me tourmente encore aujourd'hui et le voilà enfin confessé.

Dans ma classe il y avait un garçon dont la mère avait été reine de beauté. Un jour, je l'ai vu se promener avec elle dans une rue de Nenagh. Elle riait de quelque chose qu'il disait et le son de son rire était comme du verre fin qui se brise sur la pierre et elle n'avait presque rien perdu de son allure, elle ne portait pas de foulard, ses cheveux blonds ondulaient comme ceux d'une star de cinéma et elle touchait le bras de son fils en riant et il avait l'air content de lui. Un homme s'est alors approché d'eux et ils sont restés debout tous les trois en parlant et en riant et l'homme a posé une main sur leurs bras et a fait un signe de tête vers le bout de la rue d'où ils venaient, puis il les a guidés vers la porte de l'auberge Hibernian et j'ai observé, dissimulé dans l'ombre du pilier central sous l'auvent du grand magasin Gough, O'Keeffe & Naughton, ce garçon de ma classe, Sanders, qui tenait la porte pour sa mère et son père avant qu'ils entrent tous les trois pour déjeuner.

Son père et le mien étaient amis, je ne sais pas pourquoi. Peu après le jour où je l'avais vu avec ses parents à Nenagh, il a lu durant le cours d'anglais du frère Alphonsus Keane un poème qu'il avait écrit sur l'invasion normande. Encore aujourd'hui, je me souviens des premiers vers :

En armures, ils vinrent de l'est,
Par une mer basse et tranquille.
Nous étions nus, des brutes qui jetaient des pierres ;
Ils rirent, et puis nous massacrèrent.

Il l'avait lu avec douceur ; il y avait une sorte de musique dans sa voix. On pouvait presque imaginer les Irlandais nus regardant avec un étonnement stupide les monstrueux Vikings, tout en cuirasses métalliques et sabres étincelants, qui traversaient majestueusement la plage dans leur direction, tandis que la populace ignorante fouillait le sable pour trouver quelque chose à leur lancer.

Il y eut de longues secondes de silence dans la classe une fois sa récitation terminée. Puis le frère Alphonsus brisa le charme. C'est magnifique, Jonathan. Le vieil homme en était fou, bien sûr. Plus tard ce jour-là, j'ai poussé ce garçon dans un coin de la cour. Il y avait quatre ou cinq imbéciles derrière moi, étourdis par l'odeur du sang, qui ricanaient. Au début de mon adolescence, j'étais devenu une brute dans la cour de récréation. Qui c'est, *nous* ? lui ai-je demandé. Il était grand, presque dégingandé, il n'avait pas encore pris la mesure de ses moyens, et son assurance habituelle a eu vite fait de l'abandonner. Une rougeur soudaine fleurissait sur ses joues pâles et ses yeux se sont brouillés. Une buée se formait sur les verres de ses lunettes, à cause de mon souffle ou de sa peur, je n'en étais pas sûr. Qui c'est, ce *nous,* dans ton beau poème ? ai-je répété. Qui c'est, putain ? Il gardait la tête haute et me regardait par-dessous ses verres, son petit nez pointé en l'air. Il était effrayé mais pas lâche. Je voulais qu'il se sente méprisé ; son silence hautain m'échauffait.

Tu n'as rien à faire avec nous, ai-je repris. Et puis j'ai reculé et de toutes mes forces je lui ai balancé un coup de pied dans les couilles. Il s'est plié en deux avant de tomber lentement en avant, les mains crispées, en laissant échapper un bruit plaintif. Je l'ai frappé à nouveau pendant sa chute, d'un coup de poing dans la nuque, mais le cœur n'y était plus. J'avais fait valoir mon point de vue ; je suis parti. J'ai craché sur le sol en m'éloignant, comme j'avais vu quelqu'un le faire dans un film, un dur à cuire qui venait de remporter un combat. Toute la petite bande des idiots a ricané. Le fils Sanders qui avait écrit ce charmant poème, qui était né et avait grandi à moins de trois kilomètres de la propriété de mon père, gémissait doucement derrière moi sur la boue gelée. Je lui ai donné un coup de pied dans les couilles ce jour-là parce qu'il avait dit « nous » mais qu'il voulait dire « moi ». Je l'ai aussi frappé parce qu'il était bon, et parce qu'il me rappelait tout ce que je n'étais pas, et à cause de sa belle et souriante maman et de son père affable et élégant à l'allure si sereine. À partir de ce jour-là, Sanders a vécu l'enfer. J'ai toujours eu un don diabolique pour faire en sorte que les gens se détestent. J'ai expliqué à tous ceux qui m'écoutaient – et presque tout le monde à l'école m'écoutait – que ses ancêtres avaient reçu des terres en échange d'informations et de faveurs accordées aux officiers de Cromwell ; c'était le fils d'un fils de fils de traîtres, de connivence avec les Roundheads, ces ordures de mercenaires aux ordres de Cromwell, qui lançaient des bébés en l'air et les rattrapaient sur la baïonnette de leurs mousquets, qui clouaient les prêtres à des croix de bois brut, qui violaient, ravageaient et assassinaient partout sur nos terres. En ce temps-là, il n'y a pas si longtemps, et dans cette région, à quelques kilomètres d'ici, l'opposition au pouvoir était partout, et la haine venait naturellement.

C'est en calomniant ce garçon que j'ai appris une leçon importante et précieuse : si vous répétez une chose suffisamment de fois, elle finit par devenir vraie. Toute notion qui vous plaît, aussi folle qu'elle puisse paraître, peut constituer la chrysalide d'un fait. Une fois que vous l'avez dit assez fort et assez souvent, elle devient discutable. Et la discussion fait changer les esprits. Le débat est le stade larvaire de la vérité. La répétition constante, inlassable et bruyante achève la métamorphose de votre notion en fait avéré. Celui-ci prend ensuite son envol et déploie ses ailes d'un lieu à l'autre et d'un esprit à l'autre, devenant de lui-même vivant et permanent. J'ai donc raconté qu'un de ses ancêtres était l'un de ces notoires hommes d'affaires de Limerick qui pendant la Grande Famine avaient envoyé vers l'Angleterre et vers l'Europe et Dieu sait où encore un million de porcs salés et un million de gallons de beurre et des flottes entières de bateaux prêts à chavirer sous le poids du maïs qu'ils transportaient, alors que les habitants des campagnes et des villes mouraient dans les fossés, la bouche toute verte à force de manger de l'herbe. C'est sa famille, disais-je, ils viennent tous de là, et ça vous étonne qu'il écrive des chants d'amour aux envahisseurs nordiques ?

Certains des garçons à l'esprit plus indépendant remettaient ma théorie en cause. Deux camps se formèrent, mais l'un des deux céda rapidement du terrain. C'est un traître, c'est sûr. Mais non, il est sympa, qu'est-ce qu'il vous a fait ? Il a écrit un poème sur la grandeur des Anglais. Ce n'est pas de ça du tout qu'il s'agissait. Sa famille, c'étaient des propriétaires protestants ; ils sont devenus catholiques il y a des années dans le seul but de fâcher les leurs. C'est faux, son père n'a qu'une dizaine d'hectares. Leur grande demeure a été brûlée par les rebelles il y a longtemps et la plupart de leurs terres leur ont été confisquées par la Commission foncière. Quelle grande demeure ? Elle n'existe plus, bien sûr, elle a été rasée jusqu'au sol. Ce sont tous des traîtres depuis le début, ces gens-là. Et son poème ? Nous traiter de sauvages nus et faire passer les Vikings pour des héros ? En plus c'est un pédé, je crois. C'est un traître et un pédé. Mais si, c'est vrai. Un traître et un pédé. Et c'est ce que le garçon est devenu dans l'esprit de ses camarades de classe, en vertu de la répétition constante.

Le garde-fou qui m'avait retenu de porter de faux témoignages contre autrui venait de céder. Et j'en ai fait une forme d'art. Un jour, des années plus tard, j'ai croisé dans une rue étroite un homme en train de verrouiller la portière de sa voiture, et il a été surpris que je le salue. Il s'est retourné, m'a regardé dans les yeux, et j'ai bien vu qu'il avait l'impression de savoir qui j'étais ; le visage dépouillé de toute expression, il me fixait sans bouger et j'ai voulu essayer de le lire, et de calculer son prix, mais il s'était complètement fermé. Puis-je faire un bout de chemin avec vous ? lui ai-je demandé, et il a acquiescé de la tête. Nous avons parlé de la météo et de Noël qui approchait, et nous nous sommes émerveillés de la vitesse à laquelle le temps file. On a l'impression que c'était Noël la semaine dernière, et nous avons ri. Et je l'ai questionné sur sa décision concernant une demande de permis de construire dans laquelle un de mes clients avait un intérêt, et il m'a regardé, il a regardé le ciel et il a dit : Je pense qu'il fait assez froid pour qu'on ait de la neige. Pas vous ? Et j'ai vu la vérité qui se cachait derrière son sourire, le mari fiable, attentif et aimant, le père curieux et affectueux, l'ami loyal, l'homme qui règle ses dettes au moment opportun, qui sait organiser son temps et apporte un soin méticuleux aux détails, sans oublier de mettre les points sur les i, et qui dort bien la nuit. Et j'ai vu se refléter dans ses yeux l'image d'un homme dévasté, une chose qui n'avait rien d'humain. Je me suis vu comme cet honnête homme me voyait, et j'ai senti la pitié qu'il éprouvait à mon égard, la crainte qu'il avait de moi, et je l'ai détesté. Je crois bien, ai-je répondu. Les rues seront couvertes de neige demain matin, c'est certain.

Je l'ai revu lors du lancement d'un livre publié par un homme que nous connaissions tous les deux et qui avait été joueur professionnel de hurling. Et je lui ai demandé d'écouter une proposition que j'avais à lui soumettre à propos d'un travail qu'il pourrait faire à ses moments perdus, une mission de consultant, réalisée en toute transparence et déclarée au fisc s'il le souhaitait, ou bien les honoraires pourraient être déposés sur un compte dans une île des Caraïbes puis facilement et discrètement prélevés, et ces honoraires seraient de deux cent mille livres – nous étions en 1989 et les sommes à six chiffres n'existaient que dans les contes de fées. Nous nous tenions côte à côte au fond de la salle de réception pendant que sur la scène le présentateur faisait l'éloge de l'auteur, et l'auteur avait l'air mal à l'aise et intimidé, pas du tout comme autrefois lorsqu'il avait brandi des trophées, hurlant avec la foule, le visage en sang et les pieds couverts de boue. Et l'homme qu'on m'avait chargé de convaincre de prendre une certaine décision concernant l'aménagement du territoire a toussé un peu puis s'est repris et a chuchoté : Combien ? Et de nouveau j'ai dit : Deux cent mille livres. Et j'ai senti un glissement, une petite fibrillation dans l'air entre nous, j'ai vu le petit mouvement de ses lèvres tandis qu'il réfléchissait et faisait le calcul. Il a finalement hoché la tête et conclu en disant : Si jamais vous m'approchez encore, j'appelle la police. Et vous leur direz quoi ? ai-je demandé. Il ne m'a pas donné de réponse, car il n'y en avait pas.

Un dimanche soir, je me suis installé au comptoir d'un pub de West Limerick. À l'époque, les ventes d'alcool n'étaient pas autorisées le dimanche après-midi, et les portes étaient ouvertes depuis peu. Il n'y avait pas de clients de passage, seulement le noyau dur, les habitués, les dépendants, alignés tristement le long du zinc. Personne ne me connaissait. J'ai pris mon temps pour boire ma pinte de bière brune. Puis j'ai plié mon journal sur le comptoir et je me suis essuyé les lèvres avec le dos de la main comme je ne l'aurais jamais fait si j'avais eu de la compagnie. J'ai levé les yeux vers le visage pincé et blafard, faute de soleil, de la femme d'âge moyen qui tenait le bar et j'ai senti, émanant d'elle comme une brise âcre, l'intensité de sa curiosité à mon égard ; il y avait presque une odeur, un goût, à cette envie de connaître les secrets intimes de la vie des autres, qui consume certaines personnes et leur fait comme une aura.

Seigneur, c'est terrible, ai-je dit. Quoi, qu'est-ce qui se passe ? J'ai indiqué mon journal replié. Qu'est-ce que c'est encore ? a insisté la femme. Quelques visages se sont tournés vers moi sans s'attarder ; mon regard ne quittait pas la propriétaire, elle était ma proie et mon trophée. Aaah ben, vous savez, ai-je dit en accentuant une inflexion qui lui serait familière, qui la mettrait à l'aise et faciliterait ainsi le passage de mon histoire en croyance, sa sublimation en fait brut. Tout ce qu'on raconte sur ces enfants, tout ça, tout ça, les *sévices*. Ça commence à se savoir maintenant, pas vrai ? Ça sort enfin, pour qu'on puisse demander des comptes aux faiseurs de mal. Elle m'a regardé droit dans les yeux et je n'ai pas cligné. Les faiseurs de mal, pensais-je. Un peu excessif. Mais elle était malgré tout fascinée. Oh, il y a un endroit où ils iront tous, dit-elle, et vous et moi on sait très bien comment ça s'appelle. Ça, on le sait, ai-je dit, c'est sûr. Et j'ai bu une longue gorgée de ma bière pendant qu'elle versait un whisky à un homme tout voûté et mal rasé au bout du comptoir ; il tendait l'oreille et nous regardait à la dérobée. Ce qui est effrayant, ai-je poursuivi alors qu'elle revenait vers moi, c'est qu'il y en a partout. Prenez cet homme par exemple, vous le connaissez, il a fait construire une maison pas bien loin d'ici, qui est mis en cause pour avoir abusé d'une gamine pas plus âgée que sa propre fille, une de ses camarades de classe, je crois, Seigneur tout-puissant, que peut-on faire ?

Elle s'est penchée vers moi. Elle sentait la crème hydratante et l'oignon. Quelqu'un du coin ? a-t-elle chuchoté. L'excitation lui coupait le souffle. Le rouge lui montait aux joues, son visage palpitait d'une fièvre brûlante. Brusquement elle a crié : QUELQU'UN D'ICI ? Sous le choc, un vieux poivrot à l'autre extrémité du bar a laissé tomber son verre. Doux Jésus, qui ça ? Qui ça ? Qui ça ? Et les habitués se sont figés d'un coup, plus aucun coude ne se levait, pas un œil ne clignait. Alors j'ai pincé les lèvres, baissé la tête et regardé à gauche et à droite comme si je cherchais des complices de la personne que j'étais sur le point de dénoncer, et un nom est sorti discrètement de ma bouche. J'ai fini ma bière en deux ou trois lentes gorgées, je leur ai souhaité une bonne soirée à tous, et en me tapotant l'aile du nez je suis descendu de mon tabouret et je suis parti.

J'avais fait pas mal de recherches avant de me diriger vers l'ouest de la ville ce dimanche soir et d'y boire cette pinte. Quel pub était fréquenté par la clientèle la plus disparate, la moins soudée par les liens de proximité et les sentiments de loyauté et de circonspection qui vont avec, celle qui aurait le moins à perdre et le plus de plaisir à gagner en apprenant et en répandant une histoire pareille. Quel était le meilleur moment pour m'y rendre. Le meilleur endroit où m'asseoir. À qui m'adresser pour faire le plus d'effet. Et tout cela découvert de façon fragmentaire, sans que personne ne puisse deviner ma motivation. Mon histoire, cette chose créée par moi à partir de rien, s'est reproduite comme un virus monstrueux, mutant pour se renforcer, réorganisant ses composantes et ses propriétés pour mieux survivre à chaque nouveau récit et gagner en taille et en virulence ; elle a passé la frontière du Kerry, repris la route vers la ville de Limerick, et traversé l'estuaire à gué jusqu'au comté de Clare.

On peut créer une chose à partir de rien, mon père. Je l'ai toujours su, même lorsque les Frères des Écoles chrétiennes usaient leurs ceintures de cuir en nous enfonçant dans le crâne la première et la deuxième loi de la nature. L'énergie ne peut être ni créée ni détruite. La matière ne peut être ni créée ni détruite. Elle ne fait que se transformer en passant d'une forme à une autre. Foutaises. On peut créer une chose à partir de rien, aussi vrai que Dieu existe. La science aussi me donne raison aujourd'hui, vous savez, trop tard. Aujourd'hui les scientifiques savent créer du vide qu'ils examinent avec des microscopes où le monde invisible est grossi mille milliards de fois, et ils ont découvert des particules qui apparaissent soudain de nulle part et qui redisparaissent. Du néant, dans le néant. J'ai beaucoup lu là-dessus, jusqu'à récemment. Les rouages de la nature, les éléments constitutifs du monde. On m'a apporté une sorte de lutrin pour mes livres, mais ce n'est pas très commode alors tout ce que je peux faire maintenant c'est penser. Eh oui, quel mal y a-t-il à cela ? Quel mal, c'est vrai.

Les gens, en tout cas, se souviennent de ce qu'on leur a appris à l'école. Ils ont retenu qu'une chose ne naît pas de rien. Surtout lorsqu'ils entendent raconter une sale histoire sur leur voisin. Ben non, je ne sais pas, diront-ils d'abord, invariablement, pour montrer leur loyauté. Enfin quoi, ça ne peut pas être vrai. N'empêche que plus tard, ils repenseront à ce qu'ils ont entendu et se diront : Mais pourquoi on raconterait ça ? D'où ça vient ? Il doit bien y avoir un fond de vérité. Sans même le savoir, ils repenseront à ce qu'on leur a enseigné dans leur enfance et à ce que la nature elle-même a fait naître dans l'esprit de tous les hommes : toute chose a une origine ; rien ne peut venir de rien. Et une fois qu'une chose entre dans l'esprit de quelqu'un, elle y reste comme les termites dans le pied d'une chaise en bois, comme les cellules d'un cancer, comme les rats dans les cavités de la terre ; elle ne peut jamais être totalement éradiquée. Même les choses oubliées depuis longtemps restent dans l'infinie obscurité de la mémoire ; il n'y a pas de désapprentissage. Ce qui est dit ne peut plus être inexprimé. Et aucune loi dans cet univers n'est immuable.

J'ai porté un faux témoignage contre cet homme, mon prochain, et il est venu me voir à mon bureau dans la maison de ville réaménagée d'Augustin Stritch, et il m'a dit qu'il prendrait l'argent finalement. Il voulait simplement tout plaquer et élever ses enfants à l'étranger ; de cette façon, ils parleraient une autre langue, ils auraient la possibilité d'apprendre quelque chose du monde. C'est dommage, ai-je dit, vous arrivez une semaine trop tard, l'offre n'est plus sur la table, le projet a été intégralement abandonné. Mais peut-être va-t-il être relancé maintenant que je suis prêt à aider ? a-t-il insisté. Je lui ai promis de voir ce que je pourrais faire, il devait travailler comme d'habitude, repousser toute décision relative à ce projet précis, mais les termes seraient différents maintenant, et je l'ai vu hocher la tête, proche des larmes, les mains tremblantes, et c'était comme s'il avait rétréci ; son visage s'était creusé, et sa chemise et sa veste flottaient autour de lui quand il marchait. Revenez me voir dans huit jours, lui ai-je dit, et quand il est revenu je l'ai informé qu'un compte avait été ouvert, je lui ai donné les clés et les codes, et confirmé que cent mille livres seraient créditées sur ce compte dès qu'il aurait formalisé sa décision et que mes clients en auraient la preuve. Et il n'a même pas argumenté : il n'en avait pas le courage.

Je ne peux toujours pas le dire. Je ne peux pas dire ce que j'étais. Je vais dire ce que j'avais l'air d'être aux yeux des autres. Un comptable. Puis un lobbyiste. Même si je n'ai obtenu ce titre que des années plus tard. Il n'y avait pas de mot officiel pour ce que je faisais jusqu'à une date assez récente, bien que ce soit un art ancien. J'ai arrangé des marchés pour les gens. Je lisais facilement en eux et je savais leur parler. Je savais calculer leur prix et je ne me trompais jamais sur les montants. Augustin Stritch m'a lancé dans les affaires, et je me suis pris de passion pour les chiffres, leur caractère définitif, leur nature inébranlable ; même si vous réduisez un chiffre à sa moitié ou à son dixième, au millionième ou au milliardième de son ancienne forme, il existe toujours, il est toujours entier, vierge et incorruptible. Quand tout le reste aura disparu, quand l'univers se sera effondré sur lui-même et que le temps se sera arrêté, il y aura encore des nombres, figés dans leur singularité, attendant que la vie reprenne pour mettre de l'ordre dans la grande expansion et lui faire savoir quand elle aura atteint sa masse terminale, son inéluctable point de retour à son commencement.

On m'a demandé de présenter des idées, de convaincre les gens de prendre certaines décisions. C'est devenu ce que j'étais. Lobby est un mot étrange. Il garde sa forme et son étrangeté dans sa déclinaison, mais il cesse presque d'être un nom commun. Il devient un son neutre et sans signification, sans consonne occlusive pour lui donner un poids et lui permettre de se faire entendre. Je fais du lobbying, tu fais du lobbying, nous faisons du lobbying. Je l'ai cherché un jour dans un dictionnaire pour en connaître la signification officielle : promouvoir et défendre des intérêts, privés ou non, en exerçant des pressions ou une influence sur des personnes ou des institutions. J'ai souvent dû le répéter dans la conversation. Vous faites quoi dans la vie ? Je suis lobbyiste. Ah oui, c'est vrai. Le sifflement final de ce qui est devenu un nom de métier rend le mot plus sonore ; les syllabes prenaient une forme assez intelligible pour que mes interlocuteurs comprennent ce que je faisais et, après quelques secondes d'inquiétude à penser couloirs, antichambres et vestibules, ils rougissaient presque toujours un peu ou toussotaient nerveusement et s'excusaient avec des murmures polis. Je ne savais même pas que j'étais lobbyiste jusqu'à ce qu'un journaliste me décerne un jour ce titre. Le mot me faisait souvent penser à un poing que l'on ramène en arrière avant de le projeter vers l'avant, plusieurs fois, pour donner physiquement de la force à une position, pour mieux argumenter, pour demander quelque chose avec un soupçon de menace. Quand on l'entend, on pense automatiquement au mensonge.

Toujours est-il qu'il n'y avait rien, semblait-il, que je ne puisse accomplir. Aucun projet que je n'aurais pu mener à bien, aucun rapport, aucune étude que je n'aurais pu faire transformer en loi, aucun terrain que je n'aurais pu voir acheté ou vendu ou parcellisé ou passant du vert au rouge sur les cartes du conseil municipal : des villes entières sont sorties de terre avec l'énergie de mes mots chuchotés, de mes promesses loyales, de ma poignée de main chaleureuse. Dans l'esprit des gens, c'était une activité d'un genre nouveau, mais discréditée presque avant qu'elle ne naisse, comme l'enfant d'une prostituée. J'ai été parmi les premiers en tout cas, sinon le premier, à recevoir ce titre de lobbyiste. Mais la primeur ne me revient pas. Jésus-Christ n'a-t-il pas été Lui-même sollicité alors qu'Il mourait de faim et de soif dans le désert ? L'enveloppe qu'on Lui a offerte contenait le monde.

Ô mon père, bénissez-moi parce que j'ai péché. Mon père, écoutez-moi. Entendez-moi. Je ne peux pas le dire. Je vais plutôt vous parler d'un homme que j'ai connu autrefois. Un homme, une espèce de clochard, je suppose, qui vivait dans une mansarde au dernier étage de l'immeuble où je me suis installé quand j'ai été engagé par les frères Stritch. Je ne sais même pas s'il payait un loyer. Tout ce que je savais alors, c'est qu'à un moment donné il avait perdu quelque chose ou quelqu'un et que cette perte l'avait brisé. Où, où, où ? disait-il. Rien que ce mot, encore et encore, une question pour lui-même, pour le monde, pour personne. Je le croisais le matin dans les escaliers ou dans le couloir humide et il me saluait en chuchotant « Où ? » une fois ou deux, là où un autre aurait dit bonjour ou bonne journée. Parfois, le soir, quand il avait bu ou que l'effet des calmants qu'il prenait s'estompait, il s'arrêtait devant moi pour me saisir doucement le bras et ses yeux fébriles rencontraient les miens ; sa question était alors plus forte, plus urgente et plus vitale. Je ne sais pas, lui répondais-je, et je l'écartais de mon passage sans ralentir le pas ou presque. Je le voyais souvent dans le quartier où je travaillais, adossé au mur à côté de la porte voûtée du couvent des frères augustins, un gobelet en carton vide à la main. Il avait les bras légèrement écartés, un pied à peine chaussé pointé vers le haut, la tête appuyée contre le béton ; sa pomme d'Adam remuait au rythme de son souffle et, par un doux ululement de la langue et un léger mouvement du menton, un flot de Où, où, où s'écoulait sans relâche entre les quelques dents qui lui restaient et qui grinçaient, comme une prière murmurée et sans fin. Quand je le croisais, il ne montrait d'aucune façon qu'il me reconnaissait ni même qu'il me voyait. Son visage creusé était invariablement tourné vers le ciel, en une pose immuable qui était une parodie de la Passion, une crucifixion ordinaire. J'ai appris plus tard par le propriétaire, lequel, je crois, lui était plus ou moins apparenté mais se fichait bien de l'admettre, qu'il avait vécu des années plut tôt dans un quartier très animé du centre de Londres et qu'il s'y était marié. Encore tout petit, son fils avait franchi une porte mal fermée qui donnait sur la rue. On ne l'avait jamais retrouvé. Pendant un an, l'homme avait cherché et cherché encore, et puis il avait perdu la tête. Un jour, il avait enlevé dans une rue de Londres un enfant qui ressemblait à son fils. Il avait fallu sept ou huit policiers pour lui arracher le garçon des bras. Les parents avaient fait pression pour que des poursuites soient engagées. Il avait été interné dans un hôpital psychiatrique, enfermé pendant des années, puis rapatrié en Irlande une fois sa décharge signée. Vacant, démuni, renvoyé chez lui en bateau, au plaisir et aux frais de Sa Majesté. Je n'ai jamais mis d'argent dans son gobelet. Il n'a jamais croisé mon regard dans la rue. Je ne pensais jamais à lui à l'époque, mais je pense souvent à lui aujourd'hui.

Je me suis marié en 1970 à l'âge de vingt-cinq ans dans cette même église d'Ardnamoher où j'avais échoué à me confesser la toute première fois. Je n'ai plus jamais échoué après cet épisode, bien que je n'aie plus jamais fait de confession sincère non plus, jusqu'à aujourd'hui. La deuxième fois je savais l'acte de contrition sur le bout des doigts, et les fois suivantes aussi, et la plupart du temps le prêtre me disait : Tu es un bon garçon, tu peux t'en aller, mon enfant, et il me libérait avec deux Je vous salue Marie et un Gloria. Il avait compris qui j'étais, que j'appartenais à une famille importante de propriétaires terriens. S'il avait su cela le premier jour, il ne m'aurait jamais refusé son absolution. J'ai inventé des fautes pour les raconter à ce prêtre et à tous ceux qui lui ont succédé, sans jamais mentionner mes vrais péchés, le blasphème ou l'avarice, la vanité ou la luxure. La terrible arrogance et tout le reste. Il était vieux, il ne pouvait pas nous garder tous bien répertoriés dans sa tête, nous les descendants d'ouvriers, de notables ou de fainéants : les signes extérieurs du statut d'un enfant étaient alors moins marqués ; tout le monde avait des chaussures pour commencer. Je me suis marié un vendredi matin et nous avons pris notre petit-déjeuner de noces à l'hôtel O'Meara, à Nenagh, et mon père n'a pas fait de discours et le père de mon épouse s'est levé pour remercier le curé et reconnaître les efforts de mes parents et exprimer sa satisfaction quant à la force de caractère et aux manières de son nouveau gendre. Il est resté factuel et détaché et a omis de mentionner sa fille ou sa femme. Elles étaient assises côte à côte, droites et silencieuses, avec sur leur visage un sourire froid. J'ai envisagé un instant de me lever pour porter un toast à sa beauté et à sa douceur, mais je n'ai pas pu. Ce n'était pas une beauté et en plus je la connaissais à peine. Elle venait d'une famille irréprochable, inattaquable. Elle venait d'une terre qui bordait la nôtre. Elle était en bonne santé, avait les hanches larges et les lèvres minces. Elle ne me causa jamais aucun problème. Elle me donna trois filles et aucun fils. Et à l'âge de quarante-cinq ans je suis tombé amoureux.

Je restais parfois quelques jours à Limerick dans un appartement situé juste au-dessus d'un magasin. L'immeuble tout entier m'appartenait, le magasin était loué à un cordonnier, et j'aimais me réveiller au son de son marteau et du cliquetis grinçant de son étau, écouter les accents chantants de ses clients, leurs intonations apaisantes. Il y avait une cheminée dans l'appartement et je prenais soin de faire ramoner régulièrement le conduit afin de pouvoir m'en servir. J'aimais ébaucher des plans et des calculs sur des feuilles de papier non lignées, noter des parcours et relier les personnes et les lieux, les événements et les éventualités, puis convertir mes plans en listes d'actions à mener, et pour finir je mémorisais la liste avant de brûler la feuille de papier dans la cheminée. Et ce rituel était devenu une chose sacrée. Je regardais le papier noircir et s'embraser, et je regardais les flammes consumer mes plans, les baptiser avant de les transformer en fumée, laquelle serait ensuite aspirée et relâchée dans l'air humide. Certains soirs, je dînais dans le restaurant d'un hôtel situé dans le nord de la ville, ça faisait une petite trotte depuis mon appartement en suivant la rivière et en traversant le pont, et, un lundi soir du printemps 1990, j'ai été servi par une jeune fille blonde aux yeux bleu pâle. Ses cheveux tirés en arrière et attachés en une tresse serrée dégageaient son beau visage : son nez, ses lèvres, ses joues et son menton étaient si parfaitement dessinés qu'ils semblaient impossibles, comme si elle n'était qu'une image d'elle-même, une fausse image de la perfection rendue par un maître portraitiste trop flatteur. Elle m'a demandé si elle pouvait prendre ma commande avec un doux accent qui avait le charme mais pas la dureté des accents de la ville, et je n'ai pas pu lui répondre pendant un long moment parce que j'avais oublié ce que j'avais décidé de manger, j'avais même oublié ce qu'il y avait sur la carte, ou ce que j'avais pris la dernière fois que j'étais venu, et je pense que si j'avais dû à ce moment-là lui donner ne serait-ce que mon nom, j'en aurais été incapable. Elle a souri et m'a demandé si j'avais besoin de quelques minutes de plus, alors je me suis suffisamment ressaisi pour commander un steak d'aloyau, à point, et je me suis interrogé sur moi-même, sur ma bêtise, sur ce sentiment impossible, invraisemblable, cette faiblesse soudaine qui était en train de me dépasser. Elle est revenue vers moi pour débarrasser une table tout juste libérée et j'ai regardé sa nuque et ses bras et je me suis dit que je paierais tout l'or du monde pour pouvoir me mettre derrière elle et effleurer sa nuque de mes lèvres, poser mes mains sur ses bras et la serrer doucement, me presser contre elle. Elle s'est retournée et m'a vu la fixer, elle a hésité et fait tomber une assiette qui s'est brisée sur le parquet ciré et elle a dit : Putain, putain, là j'ai ri et elle m'a regardé, alors qu'elle était gracieusement accroupie, avant d'ajouter : Je suis désolée, je ne voulais pas dire putain devant un client. Je lui ai assuré qu'elle pouvait dire putain devant moi autant qu'elle le voulait, et c'était la première fois que j'utilisais ce genre de langage en présence d'un membre du sexe opposé et le son de ce mot ordurier dans sa bouche et dans la mienne m'a troublé jusqu'au plus profond de moi-même, jusqu'à mon âme souillée et en lambeaux.

Pendant une semaine j'y suis retourné tous les soirs. Plus tôt, parce qu'alors la salle à manger était encore calme, et elle était toujours là. Je me suis mis à prêter attention à mon apparence : je m'étais toujours habillé avec une forme discrète d'élégance, costumes sombres et bien coupés complétés par des chaussures en cuir italiennes, mais j'ai commencé à m'inquiéter de mes cheveux dans le miroir de la salle de bain avant de quitter mon appartement, à les peigner, à les coiffer et à arracher les mèches grisonnantes, et j'ai passé mon rasoir à l'intérieur de mes narines, fait usage de fil dentaire et tapoté un soupçon d'après-rasage derrière mes oreilles, comme une femme, comme un idiot. Et chaque soir elle me servait, elle semblait toujours heureuse de me voir, et riait de mes blagues, et le timbre de son rire était doux, magnifique. Puis ma femme m'a téléphoné au bureau le jeudi pour me demander quand je rentrerais, et sa voix était plaintive mais pas querelleuse, et elle m'a rappelé que la messe du samedi serait dédiée à la cousine de sa mère et que nous devions y assister, et elle avait une réunion du comité paroissial ce soir-là et j'ai crié soudainement, si fort que j'ai entendu le bureau tout entier se taire : C'EST TON PROBLÈME, PAS LE MIEN, et elle l'a bien pris, que Dieu la bénisse, et elle n'a pas haussé le ton et a seulement dit : D'habitude tu ne restes pas toute la semaine en ville, je me demandais juste si tout allait bien, si tu n'étais pas sous une pression terrible, et je vois à présent que c'est le cas. Je n'ai pas spécialement besoin d'assister à cette réunion, et si je décide quand même d'y aller, je suis sûre qu'Olivia saura s'occuper des deux autres, elle a quatorze ans maintenant et elle est assez grande et dégourdie pour le faire. Et j'ai ressenti une tendresse envers elle que je n'avais jamais ressentie auparavant, un frisson de quelque chose qui s'apparentait à de l'amour, et j'ai remercié Dieu de l'avoir mise sur mon chemin, avec sa nature docile et passive, et dans ma tête j'ai entendu la serveuse du restaurant de l'hôtel dire : Putain, putain, et je l'ai vue accroupie, la main pleine d'éclats de porcelaine, et dans mon esprit un tesson avait percé sa peau et une fine ligne de sang coulait le long de sa paume, alors je prenais sa main dans la mienne pour examiner sa blessure et je la portais à mes lèvres et son sang était chaud et doux et ma femme me demandait : John, John, tu es là ? Tu es parti ? J'ai marmonné des excuses, une histoire de marché à conclure, un client, des dîners, un réveil aux aurores le lendemain, et je lui ai raccroché au nez. J'ai écouté les chuchotements des employés et de ma secrétaire, et j'ai attendu qu'Augustin passe la porte de mon bureau en exigeant de savoir ce que ces cris signifiaient, bon sang, mais il était alors déjà vieux, Augustin, à moitié sourd et près de la fin, il m'a laissé et je me suis retrouvé seul à dessiner une carte au marqueur noir sur du papier blanc, convertissant mes listes et mes lignes fléchées en plans d'action. Et j'ai brûlé ce document plus tard dans ma cheminée au-dessus de la cordonnerie.

Et donc le lendemain, j'ai demandé à cette fille si je pouvais l'emmener faire un tour lors de son jour de congé et elle m'a dit : Où voulez-vous m'emmener ? Puis elle a souri, mais je ne savais pas si elle se moquait de moi.

Vous n'êtes pas marié ? a-t-elle repris, et j'ai répondu que je l'étais mais que nous étions séparés, et que de toute façon je ne lui demandais qu'un rendez-vous amical, je n'attendais rien de plus avec elle, je pensais seulement que ce serait sympathique de la voir en dehors de son lieu de travail, de pouvoir lui parler tranquillement, je vivais seul et parfois la solitude me pesait, et la voir le soir était le meilleur moment de ma journée, et je croyais vraiment ce que je lui racontais, en fait, c'est dire à quel point j'étais loin de la réalité, à quel point j'étais idiot. Et ce samedi-là, nous avons fait un tour ensemble dans ma Jaguar et nous avons marché sur la longue plage de Lahinch et la brise de l'océan était fraîche et régulière, et elle portait ma veste par-dessus son cardigan rose, et son jean étroit était un peu effiloché aux chevilles et elle avait retiré ses sandales et les tenait à la main par leurs lanières et il y avait une fine chaîne en or à sa cheville gauche et un tatouage d'oiseau aux ailes déployées ; le soleil était bas à l'horizon, et le ciel rouge, et la marée descendante s'étirait sur le sable et la houle était visible jusqu'à la courbure de la terre et il n'y avait personne d'autre que nous sur la plage alors j'ai passé un bras autour de sa taille, je l'ai attirée vers moi et je l'ai embrassée, et il y avait du sel sur ses lèvres à cause de la brise, et je l'ai entraînée sur le sable, et elle m'a embrassé violemment en retour, puis doucement, et ses lèvres douces et salées ont à peine bougé et j'aurais voulu mourir là sur le sable.

Et nous avons suivi la route côtière jusqu'à Galway et pris une chambre dans un hôtel à Spanish Arch et nous y sommes restés une nuit et un jour et une autre nuit et encore une demi-journée, et j'ai passé un coup de fil à ma femme pour lui dire que j'avais été appelé à Dublin pour aider un client qui avait un différend avec sa banque, et c'était l'un de nos plus gros clients et je ne pouvais donc pas vraiment décliner, au téléphone elle semblait éreintée et je l'imaginais, lasse et les lèvres pincées, serrant le combiné à s'en faire blanchir les phalanges, luttant contre la panique, la suspicion, refusant d'accepter l'évidente conclusion, repoussant la tentation de faire une scène, de profaner, de briser notre temple dérisoire. Puis nous sommes rentrés à Limerick et je l'ai déposée devant chez elle et je lui ai dit que je l'aimais, et je le pensais vraiment, et elle a dit qu'elle m'aimait, et je crois qu'elle le pensait aussi, exactement comme elle le disait.

Pendant un certain temps, j'ai été une bonne personne, bienveillante. Pendant des mois, j'ai fait mon travail et bien servi mes clients, et toutes les présentations dont j'étais chargé venaient du cœur, et j'ai évité les cas délicats, les problèmes insolubles autrement que par appât du gain. Un homme qui avait fait l'objet d'un redressement fiscal à la suite d'un contrôle et qui avait écopé d'une amende exorbitante en plus de toutes ses dettes à rembourser est venu me voir chapeau à la main, tête basse, et je lui ai dit sans méchanceté que s'il était venu me trouver en premier lieu, il n'aurait jamais fait l'objet d'un contrôle, et aurait encore moins été tenu redevable d'une somme pareille. Il souhaitait que son dossier soit réexaminé, il m'a dit qu'il avait mis un peu d'argent de côté, au cas où, au cas où. Je lui ai expliqué la procédure à suivre pour faire appel, mais il la connaissait déjà. J'ai pensé que vous pourriez, vous savez… faire du lobbying en mon nom, a-t-il ajouté. Et je lui ai dit : Faire du lobbying ? Comme si je n'avais encore jamais entendu ce mot-là de ma vie. Je lui ai ouvert la porte de mon bureau et je lui ai souhaité une bonne continuation. Je rentrais alors chez moi voir ma femme et mes filles un soir par semaine et tous les week-ends. Je leur apportais des petits cadeaux. Ma femme s'était mise à la prière du renouveau charismatique, ce que c'est, je ne le sais toujours pas, et ma fille aînée était studieuse et raisonnable, tout à fait capable de s'occuper de ses petites sœurs. Je chantais à tue-tête en écoutant la radio dans la voiture. J'admirais les nuances de bleu dans les intervalles entre les nuages, je portais sur les montagnes et les prairies et les étendues de tourbières un regard neuf et vivifié. Je pensais à ses courbes, à ses membres élancés, à la façon dont sa poitrine se gonflait au rythme de sa respiration quand elle dormait, à sa voix, constamment. Je lui ai acheté des bracelets, des colliers, des sacs à main, des chaussures et de la lingerie ; je lui ai donné de l'argent, je l'ai emmenée à Paris et à Venise. J'ai perdu la raison à cause d'elle, je me suis perdu, et je me suis oublié.

Je n'avais pas l'habitude d'être amoureux. J'ai essayé de lui faire quitter son travail ; je détestais l'idée qu'elle serve quelqu'un d'autre que moi, que d'autres hommes lui fassent les yeux doux, lui glissent dans la main leurs pourboires humides de sueur, la pelotent, la respirent et lui fassent à voix basse des propositions appuyées, que les cuisiniers ou les serveurs ou l'obséquieux directeur la reluquent, que les gens la regardent dans la rue. Je la voulais sur mon canapé dans mon appartement, devant la cheminée, vêtue seulement du reflet des flammes, attendant mon retour. J'ai essayé de lui décrire ma vie, l'énorme pression qui ne me quittait jamais, pour réussir, pour gagner de l'argent, pour être ce qu'on voulait que je sois ; je lui ai dit que je pouvais l'entretenir aussi longtemps qu'elle le désirait. M'entretenir ? a-t-elle répondu. Qu'est-ce que ça veut dire ? Me posséder ? Non, non, ai-je corrigé, seulement tout faire pour te faciliter la vie, te trouver un appartement dans un quartier agréable, et aussi te donner de l'argent, un montant régulier, pour tes dépenses, tu n'aurais pas de loyer à payer, tu pourrais t'acheter tout ce qui te plaît. Tu vivrais avec moi dans cet appartement. Je passerais ici la plupart de mes nuits. Mon dieu, a-t-elle dit, je ne croyais pas que des hommes comme toi existaient vraiment. Je croyais que les hommes comme toi étaient une invention. Et je ne savais pas si elle voyait cela comme un bien ou un mal.

J'ai commencé à attendre dans ma voiture sur le quai près de la maison où elle habitait, une demeure géorgienne en brique rouge découpée en studios, pour voir si elle partait seule au travail et rentrait seule chez elle, pour voir si je pouvais la surprendre en train de mentir. Au bout d'une semaine environ, je l'ai vue marcher main dans la main avec un jeune homme bronzé vêtu d'un jean noir moulant, de baskets blanches et d'un T-shirt blanc, un type musclé et sûr de lui, et j'ai serré le volant si fort que mes ongles se sont enfoncés dans le cuir et y ont laissé de petites éraflures, et un son m'a échappé, un râle gémissant, et j'ai senti des larmes me piquer les yeux pour la première fois depuis si longtemps, depuis les funérailles de mon frère adoré, je crois, et moi un homme d'âge mûr avec un cabinet de comptabilité et une société de conseil, une fortune en liquide et un portefeuille de titres, une nouvelle Jaguar, une femme respectable et des filles plus respectables encore, je me suis vu ouvrir la portière de ma Jaguar, sortir sur le trottoir et rester là, la main sur le muret de pierre du quai, à écouter le murmure de la rivière, et ce qu'elle murmurait c'était : Crétin, crétin, crétin.

Et je me suis retrouvé à sa porte, en train de cogner sur le bois, et quand on m'a ouvert j'ai découvert sur le seuil le jeune homme à l'allure étrangère, qui se grattait tout en me dévisageant. Tu es qui, toi ? ai-je demandé. Qui je suis, putain ? a-t-il rétorqué avec un accent espagnol ou portugais. C'est plutôt à vous de me dire qui vous êtes ! Et soudain elle est apparue derrière lui, l'air en colère, et elle portait un T-shirt trop grand pour elle sur lequel était écrit *Bon Jovi* avec en dessous la photo d'un homme aux cheveux longs. C'est bon, Javier, c'est mon petit ami, a-t-elle dit, et elle a écarquillé les yeux en le regardant comme pour lui ordonner de ne rien dire, alors Javier s'est tourné vers moi, la lèvre retroussée dans un ricanement, il m'a détaillé de la tête aux pieds et il a dit : Il est petit, lui ? Et il s'est mis à rire en se tripotant les parties dans son caleçon bleu, alors j'ai foncé pour passer la porte et l'attaquer, le poing tendu, et Javier a reculé, toujours souriant, et son poing m'a cueilli à la tempe et au ventre, me coupant le souffle, je me suis soudain retrouvé en position de défense et puis je suis tombé et elle criait : Non, Javier, arrête, arrête, putain, arrête, et : John, fous-moi la paix, tu veux, et elle m'a poussé dehors et m'a claqué la porte au nez. Et je suis resté là un certain temps à pleurer comme un enfant, et finalement j'ai repris ma voiture pour retrouver le feu qui couvait encore dans ma cheminée, étonné par ces choses que je n'avais pas sues, des parts de moi-même que j'avais ignorées, ma nature obscure et imprudente. Et c'est tout ce que j'ai jamais connu en matière d'adultère.

Tu ne tueras point, dit la Bible, dans la traduction tendancieuse qu'a validée un homme ayant laissé sa propre mère se faire tuer pour pouvoir être sacré roi. Jacques, un homme qui s'est cru lui-même choisi par Dieu. Mais tuer est un mot bien trop large. *Lo tirzah*, a dit Dieu au mont Sinaï. Tu ne commettras point le meurtre. J'ai connu un homme qui s'était fait tatouer le mot AMOUR sur les phalanges d'une main et HAINE sur celles de l'autre, avec une série de points le long de ses poignets énumérant ses convictions. J'ai connu un homme qui connaissait cet homme, et celui-là je l'ai rencontré un soir dans la rue devant la cordonnerie ; la boutique était fermée, les volets de bois tirés, mais l'étroite porte d'entrée de l'immeuble était ouverte et j'avais entreposé dans le vestibule au pied de l'escalier un tas de briquettes de tourbe et un sac de charbon, ainsi qu'un ou deux sacs de bûches parce que j'avais toujours froid cet hiver-là ; je n'arrivais pas à me réchauffer ni à réchauffer mon appartement vide, je n'arrivais pas du tout à me retrouver. J'ai donné à l'homme qui connaissait l'homme aux articulations tatouées une enveloppe pleine de billets, un dédommagement en échange d'une faveur que je demandais à son ami, pour rendre une petite visite à un jeune type d'origine ibérique et lui faire perdre un peu de son assurance.

Et cette nuit-là j'ai fait un rêve dont je me souviens encore aujourd'hui comme d'une chose qui se serait réellement produite, et produite pas plus tard qu'hier. Dans ce rêve, je passais devant le cimetière de Youghalarra et je descendais la colline en direction de l'embarcadère. Par contraste avec le lac scintillant, les rives là-bas paraissent toujours sombres, même si la journée est ensoleillée. Le ciel peut être clair et lumineux, mais une obscurité s'élèvera toujours des fossés et des roseaux bruns et humides de l'estran. De grands conifères bordent la route jusqu'à la rive et encerclent les champs sans soleil. C'est comme si la terre absorbait et étouffait la lumière tandis que l'eau lui donne vie.

Dans mon rêve, je m'arrêtais au bord de la route à la porte d'une maison, un grand bungalow, et des gens buvaient et mangeaient dans le jardin ; on jouait de la musique mais je ne voyais pas les musiciens. Une femme s'est tournée vers moi, avec dans les yeux une grande douleur, et elle m'a dit : Un enfant a disparu, un petit garçon, un enfant de cette maison. Détournant le regard, j'ai vu que les invités de la fête s'élançaient sur la route et l'embarcadère en criant le nom de l'enfant, tous scrutaient l'eau, fouillaient les roseaux et les sous-bois autour des saules et du ponton, couraient sur les rochers et le long de la remise à bateaux décrépite. J'ai remonté le chemin qui borde l'estran, loin de la route et de l'embarcadère et de la foule affolée, en suivant l'itinéraire interdit au public que nous empruntions toujours quand nous étions enfants. Je suis arrivé à la petite plage de galets connue seulement de quelques audacieux, qui se trouve au bout d'une rive en pente douce, presque entièrement cachée à la vue par un bosquet de frênes. Un banc de sable y forme une piste agréable où l'on s'enfonce jusqu'aux chevilles dans l'eau de cette baie à l'intérieur d'une baie, une eau tiède et plaisante sous les pieds, mais la piste peut mener les imprudents depuis les hauts fonds jusque vers l'eau profonde. À quelques mètres de la rive seulement apparaît le danger : par endroits le lit du lac s'abaisse brutalement et le sable recèle des courants sournois et des tourbillons invisibles. Les forêts de roseaux invitent les jeunes explorateurs. Les mauvaises herbes, tels des nids de vipères, guettent dans des creux cachés. Et là, j'ai vu l'enfant. Il avait avancé sur une vingtaine de mètres et avait dû glisser du banc de sable vers des eaux plus profondes dont il était désormais prisonnier. Sa tête dépassait à peine à la surface, s'agitant désespérément tandis qu'il essayait de se libérer de l'emprise des herbes aquatiques. Je voyais ses yeux écarquillés par la terreur et les petites vagues qui clapotaient sur son visage. Je l'entendais cracher et s'étouffer ; il commençait à inhaler de l'eau. Il n'avait plus assez de souffle pour appeler, bien qu'il ait dû entendre sa mère et son père et tous les autres crier son nom juste à côté d'ici, au détour du lac. Il se servait d'une main pour se redresser du mieux qu'il pouvait dans une tentative de brasse frénétique et maladroite.

Avec l'autre main il essayait sûrement de se dégager de l'enchevêtrement mortel qui lui agrippait les jambes. J'ai jugé qu'il ne lui restait qu'une minute à vivre tout au plus. Son bras allait bientôt céder à l'épuisement ; ces petites vagues létales, créées par ses propres mouvements, n'allaient pas tarder à trouver leur chemin pour inonder ses poumons.

Dans mon rêve, je m'appuyais au tronc frais d'un vieux frêne, invisible dans les ombres mouchetées de la rive boueuse. J'observais le vol d'un éphémère qui se posait sur une feuille pour y passer quelques secondes de son unique jour d'éternité. Je m'émerveillais de l'immobilité de cet éphémère, tandis que le son des gémissements et des éclaboussures s'effaçait de mon esprit. Lorsque l'insecte a fini par s'envoler vers la canopée de la forêt profonde, j'ai plissé les yeux pour me protéger des éclats de lumière qui dansaient à la surface de l'eau et, ne voyant plus aucune trace de l'enfant, j'ai couru hors de ma cachette ombragée, éclaboussant sauvagement autour de moi à travers les bas-fonds, tombant, me relevant, rugissant, et les voix criaient toujours son nom, et certaines criaient Edward, d'autres criaient Javier, d'autres encore criaient John. J'ai finalement saisi l'enfant aux yeux vitreux, et je l'ai soulevé en l'arrachant aux herbes qui lui encerclaient les jambes pour le tenir contre ma poitrine. Sa tête est retombée en arrière, ses membres restaient flasques. Il avait les lèvres bleues, le visage blanc ; un mince filet d'eau coulait d'un côté de sa bouche ouverte. Un croissant de pupille tranchait sur la blancheur de ses yeux. Je l'ai étendu sur l'estran, sur un lit moelleux de roseaux morts, et j'ai posé ma bouche sur la sienne ; trois insufflations, trente compressions de la poitrine, encore et encore, en comptant et en pleurant, en essayant de lui faire cracher l'eau sale et de faire battre son cœur, de lui faire reprendre vie, de défaire ce que j'avais fait. Mais le temps n'a qu'une direction, et après avoir découvert l'enfant j'avais consacré ces premières secondes à observer l'immobilité d'un éphémère. L'enfant ne bougeait pas, il ne bougerait plus jamais, ce qui restait encore d'inaltéré dans mon âme était devenu noir et les portes de l'Enfer s'ouvraient maintenant toutes grandes en mon honneur. Je me suis réveillé trempé de sueur et haletant, le visage enfoncé dans le matelas de mon grand lit, et j'ai su, avant même d'entendre la nouvelle, la chose terrible que j'avais faite.

Quelques semaines plus tard, mon travail m'appelait à Bruxelles. Notre avion a essuyé une tempête. Quelque chose a cessé de fonctionner dans le système électrique ou mécanique de l'appareil. La pression a soudainement chuté dans la cabine ; les masques à oxygène se sont automatiquement libérés et ont commencé à se balancer devant le visage des passagers telles des potences jaunes. L'avion montait et descendait, puis il s'est mis à piquer à un angle improbable. Les gens s'agrippaient les uns aux autres en pleurant. Certains priaient à voix haute. Un bébé criait, serré trop fort par sa mère au visage livide. Les instructions du pilote étaient ignorées, noyées par les crépitements du micro, la panique et le grincement des turbopropulseurs. Je suis resté assis, immobile, à regarder le masque danser devant mes yeux. Je crois que je souriais. Il y avait un homme de l'autre côté de l'allée, du même âge que moi, le même genre d'homme que moi, pourrait-on dire. Nous nous étions fait un signe de tête à l'embarquement. Je l'ai regardé alors que l'air extérieur rugissait de plus en plus fort sur les ailes inclinées de l'avion et que les compartiments s'ouvraient à l'unisson en vomissant sacs, manteaux, bouteilles d'alcool et cartouches de cigarettes sur les passagers et l'allée déserte. Il souriait lui aussi. Et il a dit, d'une voix douce et claire que je pouvais facilement entendre malgré l'hystérie qui nous entourait : Ce sera sans douleur, vous savez. Si nous piquons jusqu'au sol, nous allons juste nous évaporer. Nous évaporer. Il a détourné le regard et tendu le bras droit pour apaiser une personne que je ne voyais pas à côté de lui, sur le siège côté hublot.

Et alors je me suis senti calme et j'ai eu hâte d'être atomisé, libéré sous forme de vapeur. Finalement, le pilote a réussi à tirer l'avion blessé vers le haut avant de le faire atterrir dans un fracas terrible sur le tarmac. Ce qui avait été endommagé par les turbulences avait redémarré juste à temps. Il y avait des tympans éclatés à cause de la chute brutale, des côtes cassées suite à l'atterrissage, quelques lacérations dues aux marchandises en duty-free qui s'étaient envolées, et pas mal de victimes en pleurs qui avaient besoin qu'on leur tienne la main et qu'on leur donne de l'oxygène pour faire passer le choc. Les ambulanciers se sont frayé un chemin dans l'allée jonchée d'objets divers, vérifiant et prodiguant des soins avant que quiconque ne soit autorisé à quitter son siège détrempé. Les camions de pompiers et les ambulances qui encerclaient l'avion tournaient lentement en rond comme un pugiliste dont le combat a été annulé et qui boxerait contre son ombre sur un ring vide. L'homme ne m'a plus adressé la parole, mais il m'a regardé juste avant que nous soyons évacués avec une expression que je n'ai pas réussi à lire. Il avait les yeux les plus bleus que j'aie jamais vus.

Le pilote se tenait près de la sortie en haut des marches de la passerelle, consciencieux et intimidé. Il avait l'air trop jeune pour être aux commandes de quoi que ce soit, encore moins d'un avion chargé de vies. Des femmes l'enlaçaient avant de débarquer, pleurant de joie, ivres et malades de soulagement. Des hommes pâles lui prenaient la main pour la garder dans les leurs, et lui se tenait bien droit, flanqué de deux beautés ébouriffées, souriant et s'excusant, gêné. Je me suis retourné mais je n'ai pas vu l'homme qui m'avait parlé. Je me suis demandé si je l'avais imaginé. Je me le demande encore. Je suis passé devant le pilote sans le saluer. Les gens avaient l'impression d'avoir déjoué la mort ce jour-là. Pour moi, c'était le contraire.

Ô mon Dieu, je suis sincèrement désolé de T'avoir offensé, et je déteste tous mes péchés, parce que je redoute la perte du Ciel, et les douleurs de l'Enfer, mais surtout parce qu'ils T'offensent, Toi mon Dieu, qui es bon et qui mérites mon amour.

LES ÎLES DU LAC

Stoney's Hill est à deux pas du lotissement d'Ashdown Villas. Il descend à pied la route où il habite, opère à l'angle un virage serré en longeant les façades arrière, et traverse le terrain vague qui borde la maison d'Ad Foyle. Dixie fait le trajet presque tous les jours, sauf s'il pleut trop fort. Il supporte une petite bruine, mais si ça tombe plus dru il reste à l'intérieur ou bricole dans son abri de jardin. Il ralentit toujours au coin de la rue et jette un coup d'œil aux allées à l'arrière des maisons pour voir si Ad Foyle n'est pas en train de traîner près de son portail, surveillant la colline et les passants. Il est là tous les jours pour tourmenter les gens, des malheureux qui voulaient simplement profiter d'une petite promenade, en leur faisant sentir qu'ils doivent lui dire bonjour et lui parler du temps qu'il fait. Belle journée, oui, belle journée, ça roule, aaallez. Ils n'étaient pas dans les meilleurs termes tous les deux depuis que Dixie s'était montré un peu trop enthousiaste en l'accueillant un soir au pub de Ciss Brien. Tiens donc, regarde un peu qui s'ramène, avait-il dit quand Ad avait ouvert la porte et tendu son long cou à l'intérieur. Voilà Face de Cul qui débarque. Ad Foyle, Ad Foyle, Ad Foyle le Pédophile. Et il avait tout de suite su qu'il était allé trop loin. Ça ne lui était venu qu'à la seconde même où il l'avait dit. L'espace d'un instant, son cerveau avait cherché la possibilité d'une rime ou d'une assonance pour Ad Foyle et avait trouvé ça, et certains jours c'était une chose désolante que d'avoir le cerveau vif comme l'éclair et la bouche qui suivait tout aussi vite. Bref. C'était dit, et Ad s'était immobilisé à mi-chemin entre la porte et le bar, le visage blanc, les yeux exorbités, et c'était une de ces soirées où le pub était bondé mais calme, il n'y avait pas de match ni rien, aucun sujet de dispute, et tous les petits cons se contentaient d'attendre que Dixie dise quelque chose, comme d'habitude, qu'il déniche quelque part le fil d'une histoire, et le pauvre Ad se retrouvait sous les projecteurs et chacun prenait sur soi et se couvrait la bouche pour ne pas rire, sauf Mickey Briars qui s'en fichait complètement, il riait à gorge déployée, conscient qu'un feu venait d'être allumé et qu'il pourrait l'attiser à loisir, et Ad prenait tout ça très mal. Ça roulait méchamment des mécaniques. Dixie avait dû lever les deux mains, puis les tendre vers l'offensé et expliquer que ça ne voulait rien dire, c'était juste une bêtise qui lui était venue à l'esprit, sur un coup de tête, et Ad avait passé la soirée à faire la gueule et à répéter à Dixie et à tout le monde que c'était comme ça que de sales histoires voyaient le jour, qu'on pouvait déshonorer le nom de quelqu'un, à cause de connards qui racontaient n'importe quoi, « sur un coup de tête », disait-il en singeant la voix de Dixie comme un acteur comique, et pour finir Dixie avait dit : Alors, Ad, tu laisses tomber ou pas ?, et il avait placé sa voix à la bonne hauteur, grave et régulière, pour qu'Ad comprenne qu'il était temps de passer à autre chose. Ou alors il allait se prendre un poing dans la gueule. Le lendemain, Dixie était allé déposer quatre sacs de briquettes de tourbe devant sa porte, histoire simplement d'apaiser les esprits. Ad l'avait remercié assez aimablement chez Ciss le soir même. Ils avaient bu une bière ensemble. Mais malgré leurs efforts de réconciliation, il était resté entre eux un petit quelque chose. Ils étaient en froid, plus rapides à se monter l'un contre l'autre qu'à rire côte à côte. De toute façon, c'était sa faute à ce connard qui ne s'était jamais marié – et n'avait même pas essayé, pour ce qu'on en savait –, et qui vivait seul en passant ses journées à regarder par la fenêtre les enfants qui jouaient au foot dehors. Mais aujourd'hui il n'était pas là, et Dixie hâta le pas. On ne savait jamais quand il allait mettre le nez dehors celui-là, comme un diable qui sort de sa boîte.

Le conseil municipal promettait depuis toujours d'élargir et de paver le sentier piétonnier qui traverse le champ de ronces et de broussailles et mène à la vaste pelouse sur la colline où chaque homme est libre de se promener. Libre. Il crache à chaque fois qu'il passe sur ce sentier.

Ils sont tous de mèche : les gros bonnets des bureaux administratifs en ville ; les descendants de la bande de huguenots qui possédaient autrefois la moitié des terres et la montagne avec ; les notables de l'autre côté de la crête qui ne voulaient pas que la racaille se faufile sur les pentes et les vallées et traverse leurs délicats paysages. Comme des enfants qui laisseraient des traînées de boue sur le tapis. Herbie Grogan avait accepté un jour d'aborder le sujet, c'était juste avant les élections. Ah, oui, avait-il dit. Oui, oui, je vois ce que vous voulez dire. Une excellente commodité. Un sentier piétonnier ajouterait certainement quelque chose aux espaces verts et permettrait de les utiliser pleinement. Mais n'est-ce pas déjà bien de l'avoir, ce bel espace, si près de vos maisons et tout ? N'était-ce pas là un bel exemple d'urbanisme, quand même ? Ce connard était sur le point de dire que la colline, c'était lui qui l'avait installée là, rêvée, proposée, votée, qu'il en avait tiré lui-même chaque pierre de la terre pour offrir une jolie vue à tous les bons à rien, une chose qu'ils pouvaient admirer par les fenêtres de leur modeste maison. Nous vous avons donné une maison et nous vous avons donné une montagne, avait-il ajouté. Maintenant, y aurait-il moyen que vous fermiez vos gueules et que vous fassiez une marque à côté de mon nom vendredi prochain ? Vous avez une sacrée grande gueule pour venir me réclamer des sentiers de luxe.

Les nuages cotonneux avaient fait place au bleu et le peu de neige qui tombait durcissait au sol en une fine croûte ; il restait encore quelques heures de lumière avant que la nuit ne tombe. Le jour durait plus longtemps sur l'autre côté de la colline, bien sûr, là où se trouvaient les grandes maisons, là où l'horizon côté ouest était plus bas et plus lointain. Les gens de haut rang, évidemment, s'offraient comme d'habitude toutes les facilités et tous les privilèges. Le chemin qui zigzaguait jusqu'au sommet était sec ; la pluie était vite absorbée par la terre tourbeuse, et par endroits elle était récupérée via des tuyaux de drainage et acheminée jusqu'au ruisseau qui se jetait dans les eaux de la Dead River, laquelle traversait les marécages jusqu'au lac. Dixie aimait regarder le chapelet d'îles posées sur le lac depuis le cairn au sommet de la colline, appuyé sur l'ancien tas de pierres laissé là pour commémorer un type ou un autre, ou pour marquer une tombe, ou simplement pour revendiquer l'endroit. Il n'en était pas sûr et s'en fichait pas mal. On ne manquait pas de têtes de nœuds dans les environs qui sauraient certainement tout sur ce tas de pierres et se feraient un malin plaisir de le lui expliquer, mais il n'allait pas se laisser entreprendre. Elles étaient bien assemblées, les pierres plates du cairn, il devait le reconnaître. L'ancien bâtisseur, quel qu'il soit, connaissait son affaire. Dieu sait combien de centaines d'années s'étaient écoulées et elles étaient toujours debout, sans mortier pour les retenir, rien entre les pierres et le ciel à part le vent et la pluie.

Il n'avait pas décoléré depuis le petit-déjeuner. La façon dont le gamin lui avait rugi dessus en tapant du poing sur la table. Et les reproches de sa fille par-dessus le marché. Comme si c'était de sa faute, à lui, si le gosse prenait la mouche pour un rien ces temps-ci. Si ce n'était pas une chose, c'en était une autre, et rien ne pouvait être arrangé ni réparé. Et Dieu sait pourtant combien il avait essayé. Fallait-il marcher sur des œufs en permanence pour ne pas s'attirer la colère du gamin ? Fallait-il lui demander à l'avance dans quel état d'esprit il serait pour pouvoir s'adapter en conséquence ? Devait-il se comporter dans sa propre maison de manière tout sauf naturelle pour se conformer aux humeurs de son petit-fils, qui aurait dû légitimement le remercier chaque jour pour tout ce qui avait été fait pour lui, et tout ce qui lui avait été donné, sans qu'on lui demande jamais une seule chose en retour, pas même une preuve de respect ? C'était dur, vraiment dur. Et le gamin était parti en claquant la porte si fort derrière lui que des échardes avaient volé. Et il n'avait même pas pu raconter les histoires de la veille, sauf à sa fille, mais elle ne les avait pas appréciées à leur juste valeur, elle s'était contentée de rire aux passages les plus drôles, les seuls qui l'intéressaient, elle gâchait la chute, toujours, et avec elle les histoires perdaient de leur sel, et il ne les lui racontait en réalité que pour s'entraîner, parce que, pour être juste envers le gamin, lui au moins savait apprécier une bonne histoire, il rigolait bien en entendant certaines anecdotes que Dixie ramenait de chez Ciss Brien, ou du Half Barrel en ville, ou du Frolics à Carney. Et maintenant il se trouvait ridicule d'avoir éprouvé tant d'excitation, tant de joie enfantine depuis la minute où il s'était réveillé ce matin en repensant à son triomphe face à Hughie Fitz chez Ciss Brien la veille, tout le monde disant à Hughie qu'il était magnifique dans le nouveau manteau que Bridget lui avait offert pour son anniversaire, et chacun s'écriant qu'il était impossible qu'il ait soixante ans, on ne lui en donnait pas plus de cinquante, et le plaisir pur qui s'était peint sur le visage de Hughie quand Dixie s'était joint au concert d'éloges pour le comparer à l'autre, George Clooney, et la rougeur qui avait gagné le cou de Hughie quand il s'était repris pour dire qu'en fait il parlait de Mickey Rooney, et la façon dont Podge avait ri derrière le bar au point qu'il avait dû arrêter ce qu'il faisait pour reprendre son souffle pendant au moins une minute entière, et les durs à cuire de l'Island Field qui travaillaient à la structure métallique du nouveau pont ferroviaire à Lackanavea étaient pliés en deux, et il avait parfaitement chronométré sa réplique, il avait vu juste à la milliseconde près, et ce n'était pas donné à tout le monde de chronométrer une blague comme ça. Il réessaierait de la raconter au gamin quand il serait de meilleure humeur.

Il y a des histoires dont un homme peut tirer de la gloire. Des histoires à transmettre pour le prestige plus que pour le rire. Comme celle que sa mère lui avait confiée pour lui raconter comment elle avait été renvoyée des cuisines du manoir appartenant à la famille qui possédait les terres s'étendant à ses pieds, sur la pente douce qui descendait vers le lac, plus de quatre cents hectares en tout et même une partie de l'estran annexée sur un kilomètre, bien que cette terre revienne de plein droit à la commune et ne puisse être possédée par un seul homme. Elle ne s'était pas adressée au chef de famille par son titre, qui était Monseigneur, un titre qui lui avait été légué de droit au décès d'un oncle sans enfant en Angleterre, dans le Sussex ou l'Essex ou le Wessex ou un endroit de ce genre. Appelez-moi Monseigneur, avait-il dit, du moins c'est ce que racontait l'histoire, un jour où elle lui apportait son thé. Je n'en ferai rien, monsieur, avait-elle répondu. Je n'ai qu'un seul Seigneur, Il me regarde depuis le Ciel et je n'invoquerai jamais Son nom en vain, ni ne le donnerai à un autre. Alors, sortez ! avait ordonné le vieux Manford, sortez d'ici et ne revenez pas. On était alors dans les années quarante. On attendait encore des gens qu'ils s'inclinent et s'humilient, même à cette époque où le pays était censé être libre. Lord Manford employait des dizaines d'hommes, et payait chacun d'eux en retard le samedi pour qu'aucun ne soit tenté de se relâcher avant d'avoir pleinement accompli sa semaine de travail, et même quand il n'y avait plus rien à faire sur le domaine ou dans la maison il les faisait attendre, et les femmes qui voulaient aller faire leurs courses pour acheter de quoi préparer le déjeuner du lendemain étaient forcées d'attendre aussi, et la paroisse tout entière s'arrêtait et attendait le bon plaisir de Sa Seigneurie, le moment où Sa Seigneurie ouvrirait sa bourse. Ce jour-là, la mère de Dixie avait quitté son travail et pris la route escarpée qui la ramenait chez elle, à Glencrue, auprès de sa famille. Et la demeure des Manford n'était plus maintenant qu'une coquille vide, quatre niveaux toujours debout mais sans toit ni plancher, et le clocher de leur chapelle gisait là où il était tombé, dans sa tombe de mousse et de fientes d'oiseaux.

Il y avait des nuits où le gamin restait dehors. Ces nuits-là, Dixie était incapable de dormir. Il s'asseyait dans son lit et allumait la radio tout bas, ou bien il lisait ses livres et parfois les mots se mettaient à flotter sur la page, alors il se forçait au calme et ralentissait le rythme de sa respiration et il imaginait que sa panique grandissante était comme l'eau d'un canal montant contre la porte de l'écluse. Il se représentait la roue de contrôle de cette porte en train de tourner, puis il voyait l'écoulement de l'eau, le relâchement, la baisse de tension. C'était une astuce qu'il avait apprise tout seul. Des petits malins faisaient fortune avec ce genre de conneries. Parfois le gamin rentrait bourré comme un coing aux premières heures du jour, et il tournait en rond dans la cuisine en se faisant griller des tartines ou autre chose et le bruit qu'il faisait était une bénédiction. Salut, Pop, disait-il quand Dixie se risquait à descendre le voir, et parfois Dixie restait debout au pied de l'escalier, en pyjama, pantoufles et robe de chambre, les yeux rivés à l'entrebâillement de la porte, contemplant son petit-fils en train de manger des toasts à la table de la cuisine, de la même façon qu'un homme pourrait regarder un petit enfant dans son berceau, un homme doux capable d'émotions féminines, et il se surprenait à admirer le gamin, sa mâchoire carrée, ses beaux cheveux épais, ses grandes mains, et il se surprenait même à remercier Dieu de sa présence, de l'avoir ramené à la maison dans la nuit glacée.

Il n'avait jamais su convertir son amour en paroles. Il aurait tant voulu tenir le gamin comme il le faisait autrefois, le prendre tout entier dans ses bras, le serrer contre lui en disant : Mon petit, mon petit. Le sentiment déraisonnable qui s'emparait de lui un peu plus chaque jour était comme un courant sournois caché sous une surface lisse et immobile, une lame de fond capable de vous entraîner vers votre perte. Le jour où sa fille lui avait annoncé la nouvelle, il s'était surpris lui-même. Dieu merci, ta mère n'est plus là pour voir ça, avait-il dit, puis il avait regardé les yeux bleus de sa fille se remplir de larmes, il avait traversé la pièce pour aller vers elle, et il n'avait pas su avant d'être arrivé presque devant elle, qui était postée près de la fenêtre, s'il la frapperait ou la prendrait dans ses bras, ou bien s'il allait rester là les bras ballants, à regarder son visage éclairé par un soleil blafard et où roulait une seule larme, à la lisière de sa pommette, et alors il avait posé une main sur sa joue pour essuyer la larme, et elle avait saisi sa main pour la garder serrée contre elle et l'avait embrassé en disant :

Oh, papa, dans quel monde horrible nous vivons. Depuis ce jour, il ne lui avait posé aucune question mais elle laissait parfois échapper quelques bribes, et il ajoutait ses propres suppositions aux rares récits de sa fille, et ils avaient vécu en bonne intelligence côte à côte, et tout ce qu'il avait besoin de savoir il le savait, et le reste serait tu et le secret bien gardé, qu'il soit en ville pas loin de chez eux, ou bien en Angleterre, ou en Enfer avec le Diable.

Il termina l'ascension de la colline et atteignit les pierres du cairn au moment où le soleil d'hiver touchait la ligne d'horizon, faisant rougeoyer le ciel vers l'ouest. Il était déjà couché là d'où Dixie était parti. Le vieil homme se tourna vers le lotissement, les maisons disposées en forme de huit autour des deux grandes pelouses, blotties là dans l'ombre de la colline. Il suivit des yeux Ashdown Road, qui traversait le village en direction du bourg puis de la ville. Au loin se dessinaient les sommets arrogants des montagnes Galtee. Il sentait une brûlure dans ses poumons et dans les muscles de ses jambes, et il avait un goût amer dans la bouche, piquant, presque métallique. Il cracha par terre et cogna son bâton contre la plus haute pierre du cairn, une, deux, trois fois, comme il s'y sentait poussé par la tradition, par ses propres usages familiers et par une féroce superstition, une peur aberrante qui s'était installée dans son âme avec les années. Et il reprit la route qui contournait la colline et le ramènerait à la maison.

En posant la main sur la porte d'entrée pour l'ouvrir, il distingua, à travers la fenêtre dont on avait baissé les stores, deux silhouettes installées à la table de la cuisine. Son cœur s'emballa à l'idée que le gamin était rentré plus tôt : il serait à l'intérieur en train de boire du thé et de savourer le dîner que sa mère lui avait préparé ; en meilleure forme et un peu penaud à cause de ce qui s'était passé le matin même, il serait prêt à l'écouter raconter les blagues du pub et la mésaventure de Hughie Fitz. Puis son cœur se serra en voyant que ce n'était pas Lampy installé à table mais l'ami de sa fille à l'hôpital, le type à la peau mate et aux cheveux foncés qui venait de temps à autre, et qui s'asseyait en silence en regardant sa fille, et elle aussi le regardait, et Dixie ne pouvait pas rester là à les regarder tous les deux, c'était insupportable, alors il allait dans sa remise ou partait faire un tour sur la colline ou chez Ciss au bout de la rue chaque fois que l'autre venait. Il avait terriblement souffert, lui avait dit Florence, il était ici avec un permis de travail, il était suppléant à l'hôpital, et Pop ne savait pas ce que c'était et n'avait pas demandé. Chaque étranger avait une histoire, une complainte, et il fallait toujours les prendre avec des pincettes ou, mieux encore, pas du tout. Il se demandait comment ça se passerait chez Ciss si Florence épousait un étranger, après toutes les blagues qu'il avait entendues et toutes celles qu'il avait faites lui-même et toutes les discussions qui s'étaient tenues au fil des ans sur la nécessité de tenir les Johnnies à l'écart, sur le fait qu'il n'y avait déjà pas assez de travail pour les Irlandais, pas assez de place pour toutes ces hordes déchaînées. Qu'ils aillent se faire foutre, tous ces poivrots, pensa-t-il. Ce serait presque un plaisir de le leur annoncer. Les plus acharnés étaient ceux qui n'avaient jamais fait une vraie journée de travail de leur vie. Il ralentit son geste pour atténuer le grincement du portail, et il marcha dans l'herbe à droite de l'allée du jardin, de manière à ne pas être repéré en allant à sa remise. Il brancherait le radiateur électrique et s'installerait dans son vieux fauteuil. Il fumerait une clope ou deux et lirait la pile de journaux de la semaine. Il valait mieux les laisser tranquilles tous les deux, occupés qu'ils étaient à se regarder dans les yeux.

De son siège à la table de la cuisine, Florence voyait son père à la porte. Elle espérait qu'il irait directement dans sa remise au fond du jardin. Farouk parlait aujourd'hui, plus qu'il ne l'avait jamais fait, et elle sentait qu'il allait dire quelque chose, sur sa femme ou sa fille ou sa lointaine maison, sur ce qui lui était arrivé, sur son cœur, son pauvre cœur. Elle connaissait son histoire, comme tout le monde à l'hôpital, depuis le premier jour où il y avait travaillé comme médecin remplaçant ; Freda Wiley, des ressources humaines, avait diffusé le contenu de son dossier et les drames de sa vie dans les services et les couloirs avant même de prendre sa pause ce matin-là. Florence n'avait qu'à lui attribuer sa place de parking et à imprimer son pass et son badge d'identification. Il s'était assis en face d'elle dans son petit bureau tandis qu'elle glissait une lanière dans le badge, elle l'avait regardé et avait vu qu'il lui souriait, alors elle lui avait souri en retour et lui avait dit de l'appeler à tout moment s'il avait besoin de quelque chose, ou s'il avait des difficultés pour accéder au parking, ou avec son courrier électronique ou postal ou quoi que ce soit d'autre, et elle savait d'après son dossier qu'il avait quarante-quatre ans mais il avait l'air plus jeune ; il avait une démarche de jeune homme, des mouvements souples et agiles en dépit de ses cheveux striés de gris sur les tempes et de ses yeux tristes et voilés.

Elle s'interroge parfois sur elle-même. Se demande pourquoi elle désire tant que cet homme lui parle. Pourquoi il importe à ce point qu'il lui dise la vérité sur son passé, alors qu'elle-même tient tellement à garder le sien secret. Il parle et elle écoute en étudiant ses yeux. Parfois, elle ne comprend qu'une partie de ce qu'il dit. Il édulcore la réalité, dit-il. L'univers pourrait être contenu dans une tête d'épingle. Les particules élémentaires n'ont pas de structure interne, tu le savais ? Et elle secoue la tête, non, elle ne le savait pas. Alors il rit, d'un rire bas et doux qui pourrait facilement se transformer en sanglot, mais ça n'arrive jamais. Elle a l'impression qu'il n'a pas pleuré depuis longtemps, des années peut-être, qu'il s'est blindé contre la vérité des choses avec des théories et des explications et des moyens de se persuader qu'il ne s'est jamais rien passé. Il s'est autorisé à perdre la raison. Il est dès lors facile de réduire la réalité à néant, dit-il. Si une particule élémentaire n'a pas de structure interne ni d'enveloppe externe, alors qu'est-ce que c'est sinon le néant, et donc nous sommes faits de néant, de même que l'univers, et tout cela – d'une main il indique le plafond, puis elle, et enfin lui-même –, tout cela n'est rien. Un rêve, peut-être. Mais nous ne sommes pas le rêve, nous sommes le rêvé. Et il rit à nouveau et elle ne sait pas quoi dire. Sais-tu de quoi je me suis fait traiter hier dans la rue par une bande de gamins ? De sac à merde. Rentre chez toi, sac à merde, ils m'ont dit. Rentre chez toi dans ta merde. Rentre chez toi dans ta merde, ils m'ont dit. Tu t'imagines dire ça ? Tu imagines ce qui se passe dans leur esprit ? Et moi tout ce que j'ai trouvé à faire, ça a été d'éclater de rire. Qu'avais-je d'autre comme option ? Elle sent bien qu'elle devrait l'apaiser, d'une manière ou d'une autre, le faire taire comme un enfant, lui caresser le visage et les cheveux et lui conseiller tout bas d'aller dormir ; elle s'imagine allongée à côté de lui, pressée contre lui, et elle s'étonne elle-même, s'étonne de la brûlure qu'elle ressent soudain, de l'envie, du terrible besoin.

Un jour, une semaine après le début de son deuxième contrat de suppléance à l'hôpital, il était passé la voir dans son bureau avant de commencer ses tournées dans le service, et il lui avait demandé d'une voix tremblante, avec des mots entrecoupés, tout doucement au point qu'elle l'entendait à peine, si elle accepterait de faire un tour avec lui en voiture ce week-end, pour aller voir la mer. Et elle avait été si surprise qu'elle avait trop tardé à lui répondre, et déjà il lui tournait le dos pour regagner la porte quand elle avait dit : Oui, oui, j'aimerais beaucoup, alors il avait souri en disant : Très bien. J'aime aller voir la mer dès que je peux. Mais parfois on s'y sent si seul.

Il était venu la chercher dans une vieille Mercedes où la radio se mettait en marche d'elle-même, à plein volume, les faisant sursauter, et ils avaient ri à chaque fois que cela s'était produit, et leurs rires et la radio spasmodique avaient duré pendant toute l'heure du trajet jusqu'à Lahinch, et cela faisait vingt ans qu'elle n'avait plus marché sur cette plage, et le dernier homme avec qui elle l'avait fait était beau lui aussi, et plein de mystère, et il l'avait attirée sur le sable et embrassée brutalement. Farouk ne ferait jamais ça, elle le savait. Mais arrivés au bord de l'eau, ils étaient restés côte à côte en regardant la mer déchaînée, et il lui avait pris la main pour la garder dans la sienne, et elle avait senti à travers sa paume le pouls de son cœur battant.

Depuis ce jour-là, ils faisaient souvent des balades en voiture tous les deux. Même lorsqu'il était affecté ailleurs, à Limerick, Ballinasloe ou Ennis, il lui envoyait des messages courts, sans ponctuation, OK POUR 1 BALADE DIMANCHE 15 H, et elle lui répondait OUI, et il était toujours en avance de quelques minutes, et Pop ronchonnait et grognait derrière le store, et il demandait pourquoi il n'entrait pas, et alors elle disait : Peut-être parce qu'il ne se sent pas le bienvenu, papa, et lui faisait semblant d'être offensé et s'exclamait : Seigneur tout-puissant, qu'est-ce qu'il lui faut de plus ? Qu'on déroule un putain de tapis rouge pour chaque type qui passe ? Alors elle lui expliquait que Farouk était issu d'une culture où l'accueil était une tradition à laquelle on ne dérogeait pas, où même un ennemi bénéficiait de l'hospitalité dans chaque maison, et il rétorquait : Tradition d'accueil mon cul, c'était très bien jusqu'à ce qu'ils fassent s'écraser des avions dans des gratte-ciel et qu'ils coupent la tête de tous les malheureux qui disent les mauvaises prières. Et elle s'exclamait : PAPA ! en secouant la tête, mais elle savait ce qu'il voulait vraiment dire, ce qu'il craignait vraiment, parce qu'elle connaissait bien la vérité intime de son père, son cœur blessé et chaleureux.

Elle suivait chaque jour la même petite routine. Elle se réveillait tôt et écoutait le chant des oiseaux. Dressait dans sa tête la liste des choses à faire. Décidait de sa tenue et de ses chaussures, de son bracelet et de ses boucles d'oreilles. S'il faudrait s'arrêter sur le chemin de l'hôpital pour faire le plein d'essence ou en rentrant le soir pour faire des courses à l'épicerie. Ce qu'elle allait cuisiner pour le dîner de Pop et Lawrence. Ce qu'elle mangerait au déjeuner ; la pluie allait-elle cesser assez longtemps pour qu'elle puisse aller se promener pendant sa pause, traverser le pont de Sarsfield et descendre en longeant les quais, passer devant le palais de justice et revenir sur Thomond Bridge en faisant le tour jusqu'à la porte de service de l'hôpital ? Freda Wiley allait-elle l'accompagner dans sa marche, bavardant sans arrêt de choses et d'autres, de ce qui avait été dit et de ce qui avait été répondu, et de qui avait changé de camp et de qui avait fait ou dit quoi à qui, et Florence murmurerait son approbation et hocherait la tête en riant et en faisant semblant d'être ulcérée aux moments appropriés. Freda adorait parler, elle ne prenait que rarement le temps de respirer pour tenter de caser tout ce qu'elle voulait raconter pendant l'heure de leur promenade, et donc aucun blanc ne serait permis, aucune accalmie, aucun espace silencieux susceptible de laisser ressurgir dans la tête de Florence le souvenir du filet de sang coulant du nez de Javier et de la commissure de ses lèvres, et de l'entaille au-dessus de son sourcil, et de ses yeux violacés et gonflés, son corps blotti et tassé dans un coin, inerte, et les hommes penchés sur lui à le regarder, l'un d'entre eux disant : Putain de merde, il est mort ?, et l'autre lui enserrant le cou d'un bras et lui chuchotant à l'oreille toutes les choses qu'il allait lui faire, et son membre en érection qu'elle sentait dans son dos, et son rire en la voyant lutter pour se libérer, et les ambulanciers qui s'agenouillaient, jetaient un cou d'œil, hochaient la tête, et les journaux disant que c'était un accident tragique, un cambriolage qui avait mal tourné, et les policiers prenant sa déposition en la regardant dans les yeux, et voyant qu'elle mentait, elle mentait, elle ne disait pas tout ce qu'elle savait, mais ils lui avaient quand même dit qu'elle était libre de partir, de retourner chez son père et d'y rester, et d'avoir son bébé, et de vivre dans la maison de son père, de terminer ses études de secrétariat et de trouver un travail sûr dans un endroit sûr et de garder le silence, et de ne plus ouvrir son cœur à personne, et d'espérer à chaque fois qu'elle fermait les yeux que lorsqu'elle les rouvrirait, tout cela n'ait été qu'un rêve.

Mrs Coyne est heureuse. Le jeune et beau kinésithérapeute lui répète ce qu'il lui a dit lors de sa dernière visite. D'abord se redresser doucement, puis faire pivoter ses jambes, s'asseoir au bord au lit et commencer par les orteils. Agitez-les, agitez-les. Ensuite, soulever les talons et presser la plante des pieds vers le bas. Compter lentement jusqu'à dix, ou jusqu'à ce que la chaleur pénètre dans ses mollets. Puis enfoncer les talons dans le sol et exercer une pression vers le bas pour étirer les muscles à l'avant des jambes. Compter de nouveau lentement jusqu'à dix. Et continuer ainsi progressivement, le long du corps jusqu'aux bras et au cou, jusqu'à ce que le sang se réchauffe et circule bien et que les muscles soient prêts pour la journée. Ne jamais se lever avant d'être sûre de ne pas tomber. Elle se demande s'il a oublié qu'il lui a déjà expliqué, ou s'il suppose qu'elle a oublié. Dans les deux cas ça lui est bien égal. Une odeur délicieuse se dégage de lui. Il est agenouillé sur le sol devant elle et elle est assise sur une chaise dure, jambe tendue, le pied qu'il fait travailler reposant sur un tabouret bas et bien rembourré ; ils sont seuls dans la salle de consultation et la porte du couloir est fermée. Elle se penche en avant autant qu'elle le peut, en serrant les accoudoirs pour se tenir, pour éviter de lui tomber dessus. Vous imaginez la scène ? Ça lui ferait un sacré choc. Une femme de soixante ans son aînée qui tombe et s'écrase sur lui. Elle est quasiment assez près pour sentir ses cheveux. Ils sont beaux, épais et clairs, un peu ébouriffés comme s'il n'avait pas eu le temps de les peigner. Probablement qu'il n'a pas eu le temps. Les gens travaillent tellement en sous-effectif dans tous ces endroits. Il faudrait aller dans le privé pour trouver un thérapeute aux cheveux bien peignés. Elle est sur le point de respirer son parfum quand il la regarde et lui sourit. Il a les yeux bleus, brillants de gentillesse, et une grande bouche aux dents blanches et bien alignées. Il a un drôle d'accent étranger. Pas tout à fait australien, et pas du tout américain. Certainement pas anglais, bien qu'il soit plutôt raffiné. Son nom n'est pas facile à associer à un pays précis. Elle ferme les yeux et cherche à se rappeler ce nom, il est là, pas loin dans sa mémoire, s'échappant chaque fois qu'elle s'en approche. David. David. C'est son prénom. Un prénom qu'elle a toujours aimé. Et qui signifie « aimé, chéri ». Vorster. C'est son nom de famille. Vorster. Et il vient d'Afrique du Sud, elle s'en souvient tout à coup. Et le nom de ce pays lui fait toujours penser aux caisses des supermarchés, aux fruits et à une grève[1], elle ne se rappelle pas bien pourquoi. Il y a quelques années, cette histoire avait fait la une des journaux.

Elle connaît bien l'accent australien. C'est pourquoi elle a pu facilement déduire que le kiné ne venait pas d'Australie, avant même de lui poser la question. Elle a reçu à plusieurs reprises la visite de certains de ses petits-enfants. Ils faisaient le tour du monde avec un sac à dos, lui avaient-ils expliqué. Elle ne savait pas comment on pouvait se lancer dans un voyage pareil. Deux ans avant cela, l'un d'eux s'était installé chez elle pendant une quinzaine de jours. Un soir il était sorti et n'était pas revenu avant le lever du soleil ; quand il était rentré, elle dormait sur une chaise de la cuisine où elle l'avait l'attendu, parce qu'elle avait eu peur qu'il lui soit arrivé quelque chose, et elle lui avait fait des remontrances auxquelles il avait répondu : Calme-toi, Grand-Mère, calme-toi, et tout malin qu'il était, il avait quand même l'air bien penaud, et il lui avait dit qu'il était désolé, il n'avait pas pensé qu'elle serait si inquiète, et il avait expliqué qu'il avait raccompagné une poulette

1. En 1985, pour protester contre l'apartheid, une caissière d'un supermarché du Dublin refusa de passer en caisse des pamplemousses d'Afrique du Sud. Suite à son licenciement, onze de ses collègues décidèrent de rejoindre son combat : la grève largement médiatisée qui s'ensuivit dura deux ans et neuf mois. Nelson Mandela les invitera à sa libération.

qui vivait dans le trou du cul du monde ; c'était sa façon à lui de dire à la campagne et elle avait dû s'empêcher d'éclater de rire à ce moment-là, il ne fallait pas qu'il sache qu'elle n'était pas aussi en colère qu'elle le prétendait mais plutôt soulagée de le voir, de savoir qu'il s'était simplement un peu perdu sur le chemin du retour, et elle avait dit : Dieu nous bénisse, Paulette comment ? Et alors il avait ri, et elle avait ri avec lui, et ils étaient devenus très amis après ça, une fois qu'il s'était un peu expliqué et avait promis de ne plus s'attarder en ville jusqu'à l'aube. Il lui avait montré son ordinateur, une tablette il appelait ça, et un bouton sur lequel on pouvait appuyer pour faire apparaître des photos, et il lui avait montré toutes sortes de gens, d'enfants et de bébés qui faisaient tous partie de sa famille, mais jamais elle n'aurait pu retenir leurs liens de parenté, et ils étaient ensuite tombés sur la photo d'un homme imposant au crâne dégarni, qui portait un short aux couleurs vives et tenait à bout de bras un poisson presque aussi long que lui, et le garçon avait dit : Grand-Père a attrapé ça dans la Worra Worra ou dans un autre endroit avec un nom bizarre, une rivière s'était-elle dit, et elle avait eu un choc en comprenant que le vieil homme sur la photo était son fils, et que ce grand garçon qui n'était qu'à un pas de l'âge adulte n'était pas du tout son petit-fils mais son arrière-petit-fils.

Le même garçon lui avait envoyé l'année suivante un colis pour Noël. Il contenait une boîte décorée d'une pomme dont on avait croqué une bouchée. Il y avait une machine dans cette boîte, la même que celle sur laquelle il lui avait montré toutes les photos, accompagnée d'une carte avec un chaton coiffé d'un chapeau de père Noël et d'une note à l'intérieur : Pour qu'on puisse rester en contact, A-Grand-Mère, tendrement, Mark. Et elle s'était interrogée pendant des lustres sur ce A superflu avant de trouver la réponse : Arrière-Grand-Mère. Et elle avait ri, et elle se souvenait bien de la voix du garçon, basse mais pas depuis longtemps parce qu'il avait mué récemment, et elle l'entendait dans son esprit, et elle avait porté la carte à ses lèvres et l'avait posée sur sa poitrine pendant une minute et ses yeux étaient remplis de larmes et elle s'était surprise elle-même de s'attendrir à propos d'un gamin qu'elle connaissait à peine, qui était entré en coup de vent chez elle, quasiment sans prévenir, et qui avait vidé tous les placards de la cuisine avant de repartir une quinzaine de jours plus tard comme il était venu, et qu'elle ne reverrait plus jamais. Son voisin de palier l'avait aidée à mettre la tablette en marche. Il lui avait dit qu'elle pouvait utiliser sa connexion haut débit : il avait un modem, il lui donnerait la clé d'identification. Cela ne lui coûterait rien, car leur accès au Net était pris en charge par la société de sa femme et ils disposaient du téléchargement illimité. Elle n'avait rien compris à ce qu'il lui disait et se demandait ce qui n'était pas net dans leur appartement. Peut-être sa femme, à cause de son travail, n'avait-elle pas le temps de faire le ménage, toujours est-il que toutes ces explications, aussi gentilles que confuses, revenaient en fait à lui permettre de se connecter en ligne, et il lui avait montré où appuyer et quoi taper pour voir les photos de son fils Maurice et de sa femme australienne, de leurs enfants et petits-enfants, et ils avaient tous leurs albums personnels, des pages, comme les appelait le voisin, avec toutes leurs photos et aussi des textes personnels, des blagues, certaines très drôles et d'autres très grossières mais drôles quand même, et il y avait des jours où des heures entières passaient ainsi sans qu'elle s'en rende compte, des matinées et des après-midi entiers, et elle réalisait soudain que la journée était finie et qu'elle n'avait pas levé le petit doigt et qu'elle était raide et ankylosée des pieds jusqu'aux coudes à force de rester assise à regarder l'écran, les yeux éblouis par sa luminosité.

Le jeune Sud-Africain est debout à présent et il pose doucement la main sur son bras. Il lui dit qu'ils vont se déplacer vers le lit et qu'elle pourra s'allonger pendant qu'il lui masse la jambe, et il l'aide à se lever, à s'éloigner de la chaise, bien qu'elle soit parfaitement capable de le faire toute seule et elle le sait, mais sa main est ferme et douce sur son bras et sa voix est basse et apaisante. Il semble ne jamais produire de sons déplaisants, ni de gestes qui ne soient pas doux, et le lit est une étroite couchette avec un drap blanc immaculé bordé en travers et sans aucun faux pli, et elle ferme les yeux tandis qu'il frictionne et pétrit délicatement ses muscles, et qu'il fait disparaître la raideur de ses articulations, et elle s'imagine en train de tendre la main vers le col de sa chemise et de l'attirer vers elle, la sensation de ses lèvres sur les siennes, de son corps sur le sien, et soudain elle se met à rire à cette idée, à ce qu'il penserait d'elle s'il savait les images qui défilent dans sa tête, et il dit : Pardon, Mrs Coyne, est-ce que je vous chatouille ? Et la façon dont il dit « chatouille » est si charmante, avec son petit accent qui étire la dernière syllabe, et il lui sourit d'un air facétieux avec une lueur qui pétille dans ses yeux bleus, et elle est absolument certaine à cet instant qu'il sait, il sait exactement ce qui se passe dans sa vieille tête.

Elle avait l'habitude de chercher de temps à autre des choses sur Google. Un jour, elle a tapé PARADIS. Elle a vu des images d'anges, de croix, de nuages et de rayons de lumière qui brillaient dans le ciel bleu. C'était là, donc. Tel qu'elle l'avait imaginé. Un autre jour, elle a tapé CE QUI SE PASSE QUAND ON MEURT. On redevient poussière, disait Internet. Et aussi : À l'instant où vous mourez, tous les muscles de votre corps se détendent. Et il y avait bien d'autres explications encore mais elle n'avait pas le cœur à ça, toutes ces voix différentes, et elle avait remarqué que les gens s'insultaient beaucoup sur Internet, si vous regardiez les discussions que les gens avaient en dessous de chaque histoire que vous lisiez ou presque. Vous pouvez leur envoyer une demande pour qu'ils vous incluent dans leur groupe d'amis, vous savez, lui avait expliqué son voisin. Ainsi, ils sauront que vous êtes là, vos petits-enfants et tout le monde. Et vous pourrez avoir des conversations avec eux, et toutes leurs photos et histoires apparaîtront automatiquement à l'écran lorsque vous vous connecterez. Bah non, c'est bien la dernière chose qu'ils voudraient, avait-elle répondu. Savoir que quelqu'un les regarde depuis l'autre bout du monde. Puis un jour elle avait fait tomber sa tablette par terre et l'écran s'était brisé, et elle ne l'avait jamais fait réparer. Elle ne savait même pas si elle se trouvait encore dans le tas d'affaires empilées à côté de sa commode dans sa chambre chez elle. Peut-être l'avait-elle emportée pour demander au fils des Shanley de la déposer quelque part pour la faire réparer, afin qu'elle puisse les regarder tous une dernière fois. Tous ces inconnus qui avaient son sang dans leurs veines.

Le jeune Sud-Africain a terminé maintenant et elle se sent si détendue qu'elle voudrait juste s'allonger et dormir, et le laisser parler à côté d'elle, et peut-être qu'il lui tiendrait la main un moment, mais les aides-soignants attendent à la porte. Le thérapeute est parti, et l'un des aides-soignants pousse son fauteuil pendant qu'un autre porte son déambulateur, et elle a envie de leur dire qu'elle pourrait se débrouiller toute seule si seulement ils lui rendaient sa canne : elle n'a pas besoin de déambulateur et certainement pas de fauteuil roulant pour monter dans le minibus ; ils pourraient peut-être juste lui donner un coup de main, car la marche est assez haute, mais elle suppose que c'est la règle de pousser en fauteuil les gens qui sont trop lents avec leurs pieds, de peur qu'ils tombent et se blessent. Ou peut-être sont-ils pressés. Les gens sont tout le temps pressés. Sa mère disait souvent : J'ai marché si vite sur le chemin que je me suis croisée au retour. Et elle riait toujours à cette idée, et elle rit aussi maintenant, au souvenir de cette phrase, et l'un des aides-soignants la regarde, lui sourit et dit : Tout va bien, ma belle ?

Et le fils des Shanley l'attend, il a garé le minibus juste devant la porte du centre de thérapie. Il a déjà récupéré les deux qui allaient à la piscine et elle entend l'un d'eux en train de râler à propos de quelque chose comme il le fait systématiquement, et elle décide de lui rabattre son caquet sur le chemin du retour et de le remettre un peu à sa place, bien qu'elle ne compte pas être trop dure avec lui parce qu'on ne sait jamais quelles sortes de difficultés les gens ont pu traverser dans leur vie, et le fils des Shanley lui sourit en lui tendant la main pour l'aider à monter la marche sur le côté du bus ; un terrible sentiment de tristesse se dégage de ce garçon depuis toujours, et elle se souvient vaguement d'une histoire au sujet de sa mère, quelque chose d'affreux lui était arrivé avant la naissance de cet enfant, mais l'histoire se mêle à mille autres, et il lui arrive de l'observer tout en tricotant dans la salle de séjour, et elle ressent une bouffée de plaisir simple lorsque son visage se plisse de rire en entendant les remarques qu'elle fait parfois, lorsqu'elle joue de sa langue acérée envers ceux qui l'entourent, les sourds et les séniles, et elle a envie de lui dire : Ne t'inquiète pas, mon petit, ne perds pas ton temps à t'inquiéter, il n'y a qu'un rêve qui te sépare du jour où tu seras assis à ma place, à regarder un garçon comme toi en te demandant ce que tu as fait pour être soudain si vieux, et où sont passées toutes ces années. Il lui rappelle son propre fils, toujours inquiet de quelque chose, jamais en paix ni satisfait de lui-même, et son père et lui ne se supportaient pas mais passaient leur temps à se chercher mutuellement et à se provoquer, toujours sur le point de s'enflammer de colère, et Maurice était parti en Australie sur un coup de tête, et son père avait attendu et attendu son retour, le cœur brisé, mais il n'était jamais revenu.

Et elle dit à présent à Lampy Shanley : Doit-on passer par Milford ou peut-on rentrer directement à la maison ? Et le fils des Shanley la regarde, perplexe, et lui demande : Pourquoi irions-nous à Milford ? Et elle dit : Ce n'est pas là-bas que tu devais déposer le monsieur en fauteuil roulant ? Celui qui était tout au fond de l'autre bus ? Tu vas bien aller le récupérer, n'est-ce pas ? Et elle voit alors pâlir le visage du garçon, et ses mains se porter jusqu'à sa tête, et elle l'entend dire : Oh, nom de Dieu. Nom de Dieu de nom de Dieu.

Et le grand-père de Lampy Shanley est assis dans sa remise avec son radiateur électrique poussé à fond pour se protéger du froid qui gagne, il suçote sa clope jusqu'à se brûler la lèvre, l'œil rivé aux courbes d'une fille étalée en double page de son magazine. Et la mère de Lampy est assise à la table de sa cuisine, la main droite reposant doucement sur la main gauche de son ami Farouk qui garde les yeux baissés tout en parlant, il lui raconte l'histoire d'une jeune fille capturée par un roi qui l'a enfermée dans une tour. Et Lampy tient la main fine et tiède de Mrs Coyne dans les siennes, l'air glacé est immobile et la vapeur des mots de la vieille dame s'échappe lentement vers le ciel. Elle attend sur la marche du minibus, sans bouger, elle le regarde, et un souvenir se forme alors clairement dans l'esprit de Lampy, un souvenir récent de mots prononcés, un écho qui reprend sa forme et son volume d'origine, des mots prononcés par une infirmière timide et harassée pendant qu'il rêvait de Chloe ou d'Eleanor et se demandait s'il ne ferait pas mieux de se branler un coup avant de sortir ce soir, des mots de remontrance adressés à James Grogan, à propos du risque qu'il prenait avec la vie des gens, avec sa réputation, avec leur gagne-pain à tous, en laissant ce jeune garçon s'occuper des patients tout seul, et l'homme en fauteuil roulant avait besoin d'une infirmière pour l'accompagner, la rampe d'accès elle-même était difficile à mettre en place correctement, et depuis l'avant du minibus la vue était bloquée par la cloison de séparation, et l'homme qui était infirme pouvait s'étouffer ou, ou…

Et le téléphone du grand-père de Lampy Shanley bourdonne dans sa poche contre sa jambe, et cela arrive si rarement qu'il sursaute violemment et que son cœur bondit et trébuche dans sa poitrine, alors il jette au loin son mégot de cigarette et tâtonne pour répondre et ne réussit qu'à couper l'appel, mais il sait comment rappeler le dernier numéro, il suffit d'appuyer deux fois sur le bouton vert, et c'est le gamin, il le sait parce que son image apparaît à l'écran chaque fois qu'il l'appelle, une photo de lui en maillot de sport brandissant le trophée de la demi-finale du comté, et il sourit sur cette photo, et Pop ne sait pas comment ça marche, comment le garçon a pu faire en sorte que cette photo apparaisse sur l'écran du téléphone chaque fois qu'il l'appelle, c'est du beau travail, ça oui, et parfois il s'assied pendant de longues minutes là où il est assis à cet instant, juste pour regarder la photo, et n'est-ce pas le comble de l'idiotie alors que le garçon est là en chair et en os, de l'autre côté de la porte, quelque part dans la maison ? Et maintenant le gamin lui crie quelque chose, la cour de Sean Kelleher, il faut qu'il y aille, qu'il se dépêche, putain, il y a un homme enfermé à l'arrière du nouveau minibus, il ne savait pas qu'il était là, un homme en fauteuil roulant, et Mickey Briars ne le sait pas non plus, et le téléphone de Mickey Briars est éteint, et qu'il se dépêche, putain.

Et le grand-père de Lampy Shanley, la mère de Lampy Shanley et son ami Farouk sont maintenant à la porte arrière d'un minibus Mercedes presque neuf qu'ouvre pour eux Sean Kelleher. Les vitres à l'arrière et sur les côtés sont teintées, et la cloison intérieure est très haute – c'est pourquoi Sean Kelleher n'a pas vu l'homme, comment pouvait-il savoir, merde, merde, nom de Dieu, quel bordel, et la porte est ouverte maintenant et il y a un fauteuil roulant tourné vers eux, fixé contre la cloison, les roues bloquées, et il est vide.

Et il y a un homme agenouillé sur le sol à côté du fauteuil roulant vide, penché en avant et la tête inclinée, et il a les mains posées sur le siège à côté du fauteuil, le siège où une infirmière ou une aide-soignante aurait dû être assise lorsque le minibus a quitté la maison de retraite un peu plus tôt en cette journée si froide, et ses mains sont jointes, les doigts serrés, et on dirait un homme qui se confesse, un pénitent qui cherche le pardon, et Florence Shanley ne reconnaît pas cet homme, il a eu deux attaques et vingt ans se sont écoulés depuis qu'ils se sont allongés ensemble sur un lit, et ses yeux sont fermés et ce que l'on peut voir de son visage est blanc et ses lèvres sont bleues et il est mort depuis au moins une heure.

Alors Farouk Alahad s'immobilise devant l'homme agenouillé avant de poser le bout des doigts à l'endroit au-dessus de sa clavicule où son pouls serait le plus facilement détectable, afin de pouvoir dire avec certitude qu'il est mort, et indiquer une heure de décès dans sa déclaration, et donner la preuve qu'il a vérifié les signes vitaux de l'homme, bien qu'il soit évident qu'il était gelé et ne pouvait pas être en vie. Et pendant un instant il envie le mort, la facilité de sa fin. En dessous d'un certain seuil de température, le cerveau inverse la sensation de froid et le corps ressent une chaleur et une étrange sensation de confort à mesure que son énergie se dissipe. C'est pour ça que les hommes se couchent dans la neige et meurent. Puis il sent une main dans la sienne, et la main est chaude, et à travers sa paume il sent battre le cœur de cette femme.

Et Lampy Shanley gare le minibus à l'entrée de la cour de Sean Kelleher. Mr Collins lui dit : Je viens avec toi, mon garçon. Et Lampy répond : Non, restez ici. Et Mrs Coyne pose une main sur le bras du vieil homme et le ramène doucement vers son siège en lui disant : Laisse-le, Tom, tu ne ferais qu'aggraver les choses pour lui si tu l'accompagnes. Et Lampy aperçoit Sean Kelleher à une centaine de mètres de là, penché à la fenêtre d'une voiture de patrouille, et Sean le voit et lève la main pour le saluer.

Et Lampy arrive là où l'attendent son grand-père, sa mère et un de ses amis de l'hôpital dont il a oublié le nom, un étranger qui conduit une vieille Mercedes toute déglinguée. Il voit que sa mère et l'étranger se tiennent la main et il est heureux pour elle, et il se dit que ses copains vont bien le chambrer à l'entraînement ; puis il se rappelle qu'il ne fait plus de hurling, et les ambulanciers sont déjà là, et tout le monde maintenant semble pétrifié et le regarde, alors il sait que l'homme est mort, et il voit que le corps est recouvert d'un drap, et que l'air glacé n'est plus troublé que par le souffle des gens qui sont là, et Lampy ressent soudain le froid jusque dans la moelle de ses os, et une faiblesse dans ses jambes au point de ne plus pouvoir tenir debout, et au moment où il va tomber les bras de son grand-père l'entourent, et ses bras sont encore forts, et Pop serre son petit-fils contre lui et répète : Mon petit. Mon petit. Mon petit.

REMERCIEMENTS

Merci :

À tous ceux qui ont lu mes livres ; à Brian Langan, Eoin McHugh, Fiona Murphy, Larry Finlay, Bill Scott-Kerr, Helen Edwards, Patsy Irwin, Sophie Christopher, Hazel Orme et toutes les équipes de Doubleday Ireland, Penguin Random House Ireland et Transworld UK ; à Antony Farrell et toute l'équipe de The Lilliput Press ; à Kathryn Court, Victoria Savanh, Christopher Smith et l'ensemble de l'équipe de Penguin US ; à Marianne Gunn O'Connor ; à Joseph O'Connor, Tom Lodge, Claire Ryan, Sarah Moore Fitzgerald, Giles Foden, Julian Gough et Mary O'Malley, ainsi qu'à mes collègues, amis et étudiants de l'université de Limerick ; à Marie Hermet, pour avoir une fois de plus relevé le défi de donner une autre forme à mon roman, avec art et brio ; à Francis Geffard, Carol Menville et toute l'équipe d'Albin Michel pour leur soutien et leur amitié : merci à eux de publier si magnifiquement mes livres ; à Billy Keane, Alan Hayes, et à tous ceux rencontrés en chemin qui m'ont offert leur gentillesse et leur soutien ; à Garry Browne, Conor Cremin, Brian Treacy, et à tous mes amis que j'oublie de citer ici ; à

Ethel Hartnett, pour les rires partagés ; à Betty Sheehan et à tous les beaux-parents, les pièces rapportées, les quasi-cousins, les vrais cousins et les cousins potentiels qui contribuent à rendre cette vie si riche ; à mes merveilleux parents, Anne et Donie Ryan ; à Mary, Christopher, Daniel, John, Lindsey, Aoibhinn, et à toute ma famille proche et éloignée ; à Thomas et Lucy, les lumières scintillantes de ma vie ; et à Anne Marie, mon véritable amour, qui a fait ce livre comme elle a fait tous les autres.

DU MÊME AUTEUR

Aux Éditions Albin Michel

LE CŒUR QUI TOURNE, 2015

UNE ANNÉE DANS LA VIE DE JOHNSEY CUNLIFFE, 2017

TOUT CE QUE NOUS ALLONS SAVOIR, 2019

« LES GRANDES TRADUCTIONS »

(extrait du catalogue)

CHRIS ABANI
Graceland
traduit de l'anglais (Nigeria) par Michèle Albaret-Maatsch
Le Corps rebelle d'Abigaïl Tansi
Comptine pour enfant-soldat
traduits de l'anglais par Anne Wicke

CHRIS ADRIAN
Une nuit d'été
traduit de l'anglais (États-Unis) par Nathalie Bru

DANIEL ALARCÓN
Lost City Radio
La Guerre aux chandelles
traduits de l'anglais (États-Unis) par Pierre Guglielmina
Nous tournons en rond dans la nuit
traduits de l'anglais (États-Unis) par Nathalie Bru

VIOLA ARDONE
Le Train des enfants
traduit de l'italien par Laura Brignon

MISCHA BERLINSKI
Le Crime de Martyia Van der Leun
traduit de l'anglais (États-Unis) par Renaud Morin

ELIAS CANETTI
Histoire d'une jeunesse, la langue sauvée, 1905-1921
Les Années anglaises
traduits de l'allemand par Bernard Kreiss
Le Flambeau dans l'oreille, histoire d'une vie, 1921-1931
traduit de l'allemand par Michel-François Démet
Jeux de regard, histoire d'une vie, 1931-1937
traduit de l'allemand par Walter Weideli

Le Livre contre la mort
traduit de l'allemand par Bernard Kreiss

VEZA ET ELIAS CANETTI
Lettres à Georges
traduit de l'allemand par Claire de Oliveira

ELIAS CANETTI ET MARIE-LOUISE MOTESIZKI
Amants sans adresse, correspondance 1942-1992
traduit de l'allemand par Nicole Taubes

DANIEL DEFOE
Robinson Crusoé
traduit de l'anglais par Françoise du Sorbier

ANTHONY DOERR
Toute la lumière que nous ne pouvons voir
traduit de l'anglais (États-Unis) par Valérie Malfoy

DAPHNÉ DU MAURIER
Rebecca
traduit de l'anglais par Anouk Neuhoff

EMUNA ELON
Une maison sur l'eau
traduit de l'hébreu par Katherine Werchowski

TOM FRANKLIN
La Culasse de l'enfer
traduit de l'anglais (États-Unis) par François Lasquin et Lise Dufaux
Smonk
traduit de l'anglais (États-Unis) par Michel Lederer

DANIEL GALERA
Minuit vingt
traduit du portugais (Brésil) par Régis de Sá Moreira

DANA GRIGORCEA
La Dame au petit chien arabe
traduit de l'allemand par Dominique Autrand

IAKOVOS KAMBANELLIS
Mathausen
traduit du grec par Solange Festal-Livanis

YASUNARI KAWABATA
Récits de la paume de la main
traduit du japonais par Anne Bayard-Sakai et Cécile Sakai
La Beauté, tôt vouée à se défaire
traduit du japonais par Liana Rossi
Les Pissenlits
traduit du japonais par Hélène Morita
Première neige sur le mont Fuji
traduit du japonais par Cécile Sakai

YASUNARI KAWABATA ET YUKIO MISHIMA
Correspondance
traduit du japonais par Dominique Palmé

GYULA KRÚDY
L'Affaire Eszter Solymosi
traduit du hongrois par Catherine Fay

MICHAEL KUMPFMÜLLER
La Splendeur de la vie
traduit de l'allemand par Bernard Kreiss

NAM LE
Le Bateau
traduit de l'anglais (Australie) par France Camus-Pichon

DORIS LESSING
Le Carnet d'or
Les Enfants de la violence
traduits de l'anglais par Marianne Véron

Journal d'une voisine
traduit de l'anglais par Marianne Fabre
Si vieillesse pouvait
traduit de l'anglais par Natalie Zimmermann

PRIMO LEVI
Le Système périodique
traduit de l'italien par André Maugé

PAUL LYNCH
Un ciel rouge, le matin
La Neige noire
Grace
traduits de l'anglais (Irlande) par Marina Boraso

DAVID MALOUF
Harland et son domaine
traduit de l'anglais (Australie) par Antoinette Roubichou-Stretz
Ce vaste monde, prix Femina étranger 1991
L'Étoffe des rêves
traduits de l'anglais (Australie) par Robert Pépin
Chaque geste que tu fais
Une rançon
L'Infinie Patience des oiseaux
traduits de l'anglais (Australie) par Nadine Gassie

SÁNDOR MÁRAI
Les Braises
traduit du hongrois par Marcelle et Georges Régnier
L'Héritage d'Esther
Divorce à Buda
Un chien de caractère
Mémoires de Hongrie
Métamorphoses d'un mariage
Le Miracle de San Gennaro
traduits du hongrois par Georges Kassai et Zéno Bianu
Libération
Le Premier Amour

L'Étrangère
La Sœur
Les Étrangers
Les Mouettes
Ce que j'ai voulu taire
La Nuit du bûcher
Dernier Jour à Budapest
Journal, t. 1, Les Années hongroises, 1943-1948
traduits du hongrois par Catherine Fay

STUART NADLER
Le Livre de la vie
Un été à Bluepoint
traduits de l'anglais (États-Unis) par Bernard Cohen
Les Inséparables
traduit de l'anglais (États-Unis) par Hélène Fournier

KALANIT OCHAYON
De la place pour un seul amour
traduit de l'hébreu par Catherine Werchowski

ROSELLA POSTORINO
La Goûteuse d'Hitler
traduit de l'italien par Domoinique Vittoz

CHRISTOPH RANSMAYR
La Montagne volante
Le Syndrome de Kitahara
Atlas d'un homme inquiet
traduits de l'allemand par Bernard Kreiss

MADELEINE ST JOHN
Les Petites Robes noires
traduit de l'anglais (Australie) par Sabine Porte

DAVID SZALAY
Ce qu'est l'homme
Turbulences
traduits de l'anglais par Étienne Gomez

F.X. TOOLE
Coup pour coup
traduit de l'anglais (États-Unis) par Bernard Cohen

NICK TOSCHES
La Main de Dante
Le Roi des Juifs
traduits de l'anglais (États-Unis) par François Lasquin
Moi et le diable
traduit de l'anglais (États-Unis) par Héloïse Esquié

PAUL YOON
Autrefois le rivage
Chasseurs de neige
traduits de l'anglais (États-Unis) par Marina Boraso

Composition Nord Compo
Impression CPI Bussière en mars 2021
Éditions Albin Michel
22, rue Huyghens, 75014 Paris
www.albin-michel.fr
ISBN : 978-2-226-44427-1
N° d'édition : 23661/01 – N° d'impression : 2054458
Dépôt légal : avril 2021
Imprimé en France